Das Buch

Fische sind phantasievoll, empfindsam und allergisch gegen Grenzen jeder Art. So sagt man. Aber wußten Sie, warum Fische sich nie unter einem gemalten Tierkreis verabreden sollten? Was passiert, wenn sich eine Walfischfrau mit einer Haifischfrau zusammentut? Wie Headhunter an der Wall Street sich den größten Fisch angeln? Können Sie sich vorstellen, wie die Astrologie die Beziehung zwischen einem Löwenmann und einer Fischefrau aus dem Gleis bringt? Wie ein Fisch auf einfarbiges Essen reagiert? Und wie ein Fische-Märchen aus uralten Zeiten heute endet?

In der Reihe *Astrokrimis* sind in unserem Hause erschienen:

Tödliche Widder
Erbarmungslose Stiere
Gefährliche Zwillinge
Tückische Krebse
Mörderische Löwen
Eiskalte Jungfrauen
Rätselhafte Waagen
Mysteriöse Skorpione
Geheimnisvolle Schützen
Kaltblütige Steinböcke
Dunkle Wassermänner

Skrupellose *Fische*

Mit Geschichten von:

Ingrid Noll
Annette Meyers
Joseph von Westphalen
Barbara Jaye Wilson
Tatjana Kruse
Roger M. Fiedler

Ullstein

Die Reihe *Astrokrimis*
wird herausgegeben von

Thea Dorn
Uta Glaubitz und
Lisa Kuppler

Gesamtlektorat: Oliver Thomas Domzalski

Ullstein Taschenbuchverlag 2001
Der Ullstein Taschenbuchverlag ist ein Unternehmen
der Econ Ullstein List Verlag GmbH & Co. KG, München
© 2000 für diese Ausgabe by Eichborn Verlag AG,
Frankfurt am Main
Für die Geschichte »Geködert« (*Big Fish, Little Fish: A Shaggy Fish
Story*) von Annette Meyers: © 2000 by Annette Brafman Meyers.
Für die Geschichte »Herr Krebs ist Fisch« von Ingrid Noll: © 1999
by Diogenes Verlag AG, Zürich. Für die Geschichte »Rendez-vous
unter Fischen« (*Under the Fish*) von Barbara Jaye Wilson: © 1999 by
Barbara Jaye Wilson. Veröffentlicht mit Genehmigung Nr. 60092 der
Paul & Peter Fritz AG in Zürich.
Umschlagkonzept: Lohmüller Werbeagentur GmbH & Co. KG, Berlin
Umschlaggestaltung: Bezaubernde Gini, München, in Anlehnung an
die Originalausgabe, Reihengestaltung Moni Port, Eichborn Verlag
Titelabbildung: »Fischmarkt« von Frans Snyders, ca. 1620
(Kgl. Museum voor schone Kunsten, Antwerpen) © AKG Berlin
Satz: Fuldaer Verlagsagentur, Fulda
Druck und Bindearbeiten: Clausen & Bosse, Leck
Printed in Germany
ISBN 3-548-25185-4

Inhaltsverzeichnis

Ingrid Noll *Herr Krebs ist Fisch*   7

Annette Meyers *Geködert*   37

Tatjana Kruse *Wie ich lernte, die Sterne zu hassen*   78

Joseph von Westphalen *Stellenweise Bodennebel*   113

Barbara Jaye Wilson *Rendez-vous unter Fischen*   141

Roger M. Fiedler *Rhein-Gold*   167

Die Autorinnen und Autoren   187

Die Herausgeberinnen   191

Ingrid Noll
Herr Krebs ist Fisch

Wie sollten Sterne lügen können! Sie dienen zwar in der Wüste oder auf See zur Orientierung, aber ansonsten sind sie dumm wie Bohnenstroh. Wer nicht reden kann, wird schwerlich lügen können. So hatte ich jedenfalls bis vor kurzem gedacht.

Wenn eine meiner ehemaligen Kommilitoninnen mein Horoskop nachlesen wollte, dann sagte ich im allgemeinen: »Sternzeichen Grottenolm, Aszendent Wildsau«. Später wurde mein harmloser Scherz bösartig kolportiert: »Sternzeichen Lustmolch, Aszendent Schweineigel«.

Als ich eine Stelle als Studienassessor bekam, wurde anfangs alles anders. Man hatte Respekt vor mir und machte keine lausigen Witze. Im Musik-Leistungskurs hatte ich außer zwei faden Jünglingen ein rundes Dutzend derart schöner Schülerinnen, daß ich zum ersten Mal im Leben mit meinem Beruf zufrieden war. Mit scheelem Blick hatte ich früher meine Musiker-Freunde beobachtet: Sie konnten improvisieren, spielten in einer Rockband, und die Groupies liefen ihnen zu wie hungrige Kätzchen. Saxophon zieht temperamentvollere Mädels an als Bach-Trompete.

Die schönste von allen hatte einen Eso-Tick, was nicht unbedingt gegen Musikalität spricht. Sie spielte ganz nett Klavier, nahm Gesangsunterricht und war im Schulchor die Primadonna assoluta.

Wenn sie sich mit ihren Freundinnen unterhielt, dann ging es allerdings nur um Horoskope. Jeden Donnerstag holten sie sich in der großen Pause den STERN und lasen sich gegenseitig die Aussichten der nächsten Woche vor. Ich hatte ihre Frage nach meinem Sternzeichen wahrheitsgemäß beantwortet. »Nicht immer stimmt der Spruch *nomen est omen*«, sagte ich, denn mein Name ist Thomas Krebs, »de facto fühle ich mich durchaus wohl im Wasser, bin aber kein Krustentier, sondern Fisch. Sozusagen ein toller Hecht. Zufrieden?« – Sie errötete tatsächlich, wozu die Groupies meiner Studienfreunde wahrscheinlich nie imstande wären. Im Geiste sah ich, wie Dankward und Franky bei so viel mädchenhaftem Charme meinen Pädagogenstatus beneiden würden.

Mit ernsthaftem Ausdruck las sie vor, was der STERN diesmal für mich orakelte: »Was Sie hinter sich haben, ist schon nahezu vergessen.«

Fragend schaute sie mich an, ich nickte entzückt.

Wir probten »Wach auf, mein's Herzens Schöne, Herzallerliebste mein« nach einem Satz von Johannes Brahms. Bei der Zeile »Selig ist Tag und Stunde, darin du bist geborn« sah ich sie jedesmal an, dann senkte sie verschämt den Blick.

Natürlich weiß ich um den Zauber, den alle Sänger dieser Welt auf junge und alte Mädchen ausüben. Schon Orpheus konnte die wilden Tiere, die Steine und selbst den Tod betören, wie viel leichter wäre es ihm bei einer Mädchenklasse gelungen. Leider bin ich nie ein Sänger geworden, obgleich ich mich redlich bemüht habe. Es blieb bei Bach-Trompete für kleinstädtische Kirchenkonzerte und Klavier für den Schulgebrauch. Andernfalls hätte ich vielleicht eine unsterblich schöne Eurydike errungen, so hatte ich mich notgedrungen als Dauerverlobter bei einer treuherzigen Organistin breitgemacht. Nun gut, meine Greta war zwar keine Garbo, aber ein zuverlässiger Kumpel: bezahlte ihre Zeche selbst, kochte (wenn auch etwas exzentrisch), nähte meine Knöpfe an und konnte sogar Reifen wechseln. Sollte ich mich beklagen?

Meines Herzens Schöne war sie aber nicht. Immer wunderlich gekleidet: in roten Stiefeletten und Dufflecoat – auch bei Sonnenschein – und mit plissierten Hosenröcken, weder kurz noch lang; es würde sich bestimmt kein zweiter Kandidat für sie interessieren. Zu diesem absonderlichen Outfit wollte ihre obsessive Leidenschaft für diverse Schönheitswässerchen, Cremes und andere duftende Ingredienzen gar nicht recht passen. Ihr eigener Bruder hatte sie Gräta Diäta getauft, aber nicht etwa, weil sie auf Früchtebrot mit Margarine, Hagebuttentee und Graupen bestand. Im Gegenteil: Sie haßte alle Körnerfresser und verbot mir mein seit Jahren geliebtes Müsli, weil sie keine Motten in der Küche duldete. Nein, Greta hatte den Tick, zur Hauptmahlzeit nur Lebensmittel auf den Tisch zu bringen, die die gleiche Farbe hatten. Wobei Safranreis mit Kürbis und Maishähnchen oder Rotkraut vermengt mit roten Bohnen und Corned beef noch zu den kulinarischen Sternstunden gehörten.

Ach, Greta, manchmal wäre ich dich ganz gern wieder

losgeworden! Denn wie – um alles in der Welt – konnte ich mit einer siebzehnjährigen Schülerin anbändeln, ohne daß sie es merkte und ohne daß ich strafversetzt wurde?

Vorerst mußten weitere Sternen-Songs her. Ich konnte nicht gut Woche für Woche »Wach auf, mein's Herzens Schöne« proben. Eines Abends, als ich in unserer Wohnküche Grünkohl und Avocados mit grüner Soße löffeln mußte, fragte ich Greta nach astralem Liedgut.

Statt zu antworten, setzte sie sich ans Harmonium und spielte ein Potpourri: *Der Mond ist aufgegangen, die goldnen Sternlein prangen ... Wie schön leuchtet der Morgenstern ... Weißt du, wieviel Sternlein stehen ... Freu dich, Erd und Sternenzelt, alleluja ....*

»Hör auf!« befahl ich. »Damit kannst du vielleicht einem Kindergarten, aber keinem Leistungskurs imponieren! Bißchen flotter und nicht so fromm ...«

Sie sang: »Du sollst mein Glücksstern sein!« Obwohl es furchtbar aus evangelisch-spröder Kehle klang, hatte sie kein Erbarmen und setzte im Anschluß mit gekünstelter Tiefe ein: »I was bo-horn under a wandering star!« Es war sinnlos, und ich winkte ab, denn ich konnte ihr ja nicht gut den Zweck meiner Sternenlieder erklären. Greta war gekränkt. »Nun habe ich ihm das ganze Firmament in die Küche geholt, aber der Herr ist immer noch nicht zufrieden. Geht es dir wirklich um die Astronomie-AG deiner Schüler oder gar um eine Nova?«

Fast fuhr ich zusammen, denn der Vorname meiner Schönen lautete zufällig Ursula, nach dem Sternbild des Kleinen Bären.

Vor zwei Jahren hatte mir Greta so etwas wie einen Heiratsantrag gemacht. Ob ich nicht finde, daß Greta Krebs lustig klinge, hatte sie schelmisch-verlegen gefragt. Dabei sprach sie Kreeebs auf ihre norddeutsche Art übertrieben gedehnt aus. Ich konterte diplomatisch, daß man hier im Frankfurter Raum sicherlich Gräta Gräbbs sagen würde. Das hatte gewirkt, sie war ja nicht dumm. Das Thema Heiraten war vorläufig vom Tisch, aber ich wußte, daß sie sich Kinder wünschte, und zwar möglichst viele, damit man Hausmusik machen und Kanon singen konnte. Zu Anfang unserer Beziehung hatte sie mich hoffnungsvoll-anzüglich Thomaskantor genannt, das hatte ich mir aber ein für allemal verbeten.

Glücklicherweise ließ sich Mendelssohn Bartholdy als Kuppler einsetzen. Wir sangen in der 6. Stunde *Es fiel ein Reif in der Frühlingsnacht*, was bei romantisch veranlagten Teenagern ja gut ankommt. Beim traurigen Ende: *Sie haben gehabt weder Glück noch Stern, sie sind gestorben, verdorben* war sie es, die mir beim Wort *Stern* verträumt in die Augen schaute. Ursula liebt mich! folgerte ich und geriet eine Weile völlig aus dem Takt. Nach Beendigung des Unterrichts rief ich sie zu mir.

»Sie haben sowohl eine schöne Sing- als auch Sprechstimme, Ursula«, begann ich, »aber das wissen Sie ja selbst. Ich wünsche mir, daß Sie eine ganz besondere Aufgabe übernehmen. Hätten Sie den Mut, bei der Abiturfeier Ihres Bruders ein Rezitativ vorzutragen? Vielleicht aus Haydns *Schöpfung*? Die Proben sollten bei mir zu Hause stattfinden.«

Ganz aufgeregt wälzte ich uralte Noten aus meiner Studentenzeit. Mit dem Chor würde ich, damit es nicht wie ein abgekartetes Spiel aussäh, den Satz *Die Himmel erzählen die Ehre Gottes. Und seiner Hände Werk zeigt an das Firmament* einstudieren. Das vorausgehende Rezitativ sollte Ursula übernehmen, bei den Worten *Den ausgedehnten Himmelsraum ziert ohne Zahl der hellen Sterne Gold* würde ich sie anlächeln. Nach einigen Proben, die ich möglichst so legen würde, daß Greta nicht im Haus war, wollte ich meiner Schönen nah und näher kommen.

Als es endlich soweit war und Ursula an unserer Haustür schellte, war ich aufgeregt wie ein Pennäler. Wohl aus Verlegenheit sah sie mich nur flüchtig an, entdeckte aber sofort das Harmonium in der Wohnküche. »Machen Sie auch Kirchenmusik?« fragte sie. Nein, nein, beeilte ich mich zu versichern, das Instrument stamme aus dem elterlichen Pfarrhaus. Mein Vater – Lokführer im vorzeitigen Ruhestand – würde vom Wunder seiner akademischen Karriere wohl nie erfahren.

Bei dieser ersten Probe gab sich Ursula zwar viel Mühe, aber es war natürlich nicht zu überhören, daß sie keine erfahrene Oratoriensängerin war und keineswegs vom Blatt singen konnte. Zu meinem Befremden sah sie mehrmals auf die Uhr. Eigentlich hatte ich vorgehabt, ihr nach der Probe ein Gläschen Wein anzubieten und sie in ein privates Gespräch zu verwickeln. Etwa so: »Im kommenden Jahr werden wir für Ihre eigene Abifeier proben. Was haben Sie für Pläne? Ich nehme an, daß Sie Musik studieren wollen?« Und bei dieser Gelegenheit könnte ich ihr Ratschläge zur Wahl einer geeigneten Hochschule geben, ihr von eigenen Erfahrungen berichten und sie schließlich beim Betrachten von Fotos aus meiner Studentenzeit auf das Sofa lotsen.

Aber mitten im Singen klappte sie nervös die Noten zu, die Stunde war auf die Sekunde genau abgelaufen. »So eilig?« fragte ich verunsichert. Sie wolle auf eine Party, behauptete Ursula, und ob sie vorher noch mal aufs Klo dürfe? Ich wies auf die Toilettentür und blieb anstandshalber nicht direkt davor stehen.

Ursula war in Null Komma nichts fertig, griff im Flur nach Jacke und Plastiktüte und bemerkte kühl: »Ich wußte gar nicht, daß Sie verheiratet sind!« Bei ihrer Feststellung roch ich plötzlich Gretas Parfüm auf fast penetrante Weise an meiner Schülerin. – Aber ganz im Gegenteil, sagte ich mit Nachdruck, ich sei leider immer noch ein Junggeselle, lebe aber aus rein praktischen Gründen in einer Wohngemeinschaft. »Ah so«, sagte sie und war schon fort wie ein Wandering Star.

Kurz darauf und viel zu früh kam Greta nach Hause. Auf die Musikschule war überhaupt kein Verlaß mehr, immer wieder fiel Unterricht aus. Sie schnüffelte bereits in der Diele. »Seit wann nimmst du mein *Divine?*« fragte sie.

Ich hätte lügen und es zugeben sollen, aber geistesgegenwärtig war ich nie gewesen. »Tut mir leid«, sagte ich, »dein Parfümflakon ist mir hingefallen …«

»Kaputt?« fragte sie.

»Nein, nein, reg dich nicht auf! Nur ein paar Tropfen verschüttet!«

Greta war nicht dumm, ich sagte es schon. »Aus einem Zerstäuber fließen keine Tropfen heraus!« sagte sie und hatte wahrscheinlich recht. Ihr Blick schweifte mißtrauisch durch den Raum. »Wieso liegt der STERN auf meinem Hormonium?«

Ich fand ihr Wortspiel längst nicht mehr so lustig wie vor fünf Jahren, als sie mich gelegentlich zu Füßen ihres muffigen Instruments auf meinem ergrauten Flokati verführte. Sie griff sich die Zeitschrift und las belustigt ihr eigenes Horoskop: »Am Donnerstag werden Sie eine große Überraschung erleben!«

Nachdem sie sich eine Stunde lang in der Badewanne eingeweicht hatte, begann Greta endlich mit der Vorbereitung unseres Abendessens. Sie briet Auberginen in Öl, mischte Griesbrei mit Blaubeeren, um die gewünschte Tönung zu erreichen, und schnipselte Pflaumen als Beilage. Plötzlich überkam mich ein Anfall von Verzweiflung und Frust. »Fleisch!« schrie ich. »Heute will ich Fleisch!«

Sie war nicht so leicht aus der Fassung zu bringen, öffnete prüfend das Tiefkühlfach und entdeckte ein vergessenes Schnitzel. Während es in der Mikrowelle auftaute, wühlte sie in der Blechdose mit den Lebensmittelfarben. »Es geht mir völlig gegen den Strich«, murmelte sie, »total unsportlich.« Als das blau gefärbte Schnitzel in der heißen Pfanne schmorte und mir der Duft verführerisch in die Nase stieg, begann sie mich zu erpressen: »Ich esse es selbst, wenn du mir nicht sofort verrätst, wer mit meinem Parfüm geaast hat.«

»Der Dankward!« sagte ich in meiner Not, und ihr blieb der Mund offen stehen.

»Unser Tankwart?« fragte sie ungläubig.

»Nein, mein alter Freund Dankward, der Saxophonspieler!«

Greta war auch darüber völlig verblüfft. »Wer hätte das gedacht! Aber ... andererseits ... er trug schon immer einen Ohrring.«

Nach dem Essen verlief der weitere Abend ganz friedlich. Greta hatte sich den STERN geangelt und machte sich mit großer Lust an die Lösung des Kreuzworträtsels. Beim Studieren der Kochrezepte geriet sie sogar in freudige Erregung. »Im Süden von Frankreich wachsen Trüffelkartoffeln, wußtest du das?« fragte sie. »Ein Püree daraus hat die Farbe von kandierten Veilchen. Das eröffnet mir völlig neue Perspektiven und Kombinationen!«

Aber als wir schließlich ins Bett gingen, hatte sie doch wieder eine steile Sorgenfalte über der Nase. »Das hat etwas zu bedeuten«, sagte sie, »und ein Psychologe würde sicher einen Grund dafür finden, daß sich Dankward in meinem teuren *Divine* gewälzt hat. Vielleicht will dein Freund meine Rolle besetzen und sich auf geruchlicher Basis an dich heranmachen!« Ich ließ sie bei diesem Glauben; immer noch besser, sie hatte Dankward im Verdacht als eine andere Frau.

Die nächste Gesangsprobe hatte ich eine Stunde früher angesetzt, damit mir Greta auf keinen Fall in die Quere kommen konnte. Diesmal erschien meine Schöne zu spät, ließ mich einfach wie einen ungeduldigen Freier warten.

Ich stand abwechselnd am Fenster und spähte oder eilte vor den Spiegel, um mein Aussehen immer wieder zu überprüfen. Obgleich ich im Kollegium der Jüngste war, hielten mich meine Schüler wahrscheinlich für einen alten Knochen, schließlich war ich doppelt so alt wie die meisten von ihnen.

Beim Singen würde Ursula stehen, während ich am Klavier ja sitzen mußte. Sie sah dann von mir nicht viel mehr als mein allzu früh gelichtetes Haupt. Weder meine unergründlichen Augen noch mein gebräunter Teint oder gar mein jungenhaftes Lächeln konnten zur Geltung kommen. Ich drückte ein wenig Gel aus einer von Gretas fragwürdigen Tuben auf den kahlen Nordpol, um den Sitz einer seitlich hergezogenen Haarsträhne zu fixieren. So sah es aber auch nicht gut aus, sagte mir der Handspiegel, und gerade in diesem Moment klingelte es natürlich.

Diesmal strahlte mich Ursula an wie Sonne, Mond und Sterne. Sie zog die Illustrierte aus ihrer Plastiktüte und las mir vor: »Ein neues Spiel beginnt! Freuen Sie sich auf Donnerstag!« Galt das nun mir oder ihr selbst?

Sie lachte. »Für das Sternbild Pisces!« sagte sie.

Gebildetes Mädchen, dachte ich und wollte mich auch ein wenig profilieren. »Meine liebe kleine Bärin, Sie haben mich immer noch nicht über Ihr eigenes Sternzeichen in Kenntnis gesetzt«, sagte ich, »lassen Sie mich raten! Sagittaria – eine Schützin, die wie der römische Liebesgott mit ihrem Pfeil ins Herz trifft. Oder Lea, eine Löwin, die nur von einem starken Mann gebändigt werden kann ...«

»Wir wollen jetzt singen«, sagte sie.

Mit großer Ernsthaftigkeit und Konzentration machte sie sich ans Werk. Zufrieden stellte ich fest, daß sie sich vorbereitet hatte. Loben, loben, loben, dachte ich, das ist der Schlüssel zum pädagogischen Eros. Nach einer dreiviertel Stunde tat ich meine Begeisterung über ihre Leistungsbereitschaft und hohe Begabung kund und schielte begehrlich zu Ursulas Busen hoch. In diesem Moment ließ die jugendliche Sängerin mit einem entsetzten Klagelaut ihre Noten fallen. Was denn sei, fragte ich leicht verstimmt, schon wieder eine Party?

»Sie haben da …« druckste sie herum, »ich glaube fast, bei Ihnen bricht gerade eine furchtbare Krankheit aus …«

»Wie kommen Sie darauf?«

Ursula deutete auf meinen Kopf, und Ekel stand ihr ins Gesicht geschrieben. »Hautkrebs?« diagnostizierte sie unsicher.

Ich rannte ins Bad und begutachtete meinen Schädel. Gretas geheimnisvolle Creme hatte eine seltsame Gallertschicht auf meinem Kopf gebildet, die sich überdies schuppig aufwölbte. Hektisch riß ich die Tube aus dem Regal (dabei polterten auch andere Artikel zu Boden) und las: »Schönheitsmaske. Nach etwa zwanzig Minuten mit einem feuchten Tuch abnehmen …« Als ich gereinigt wieder ins Zimmer trat, war Ursula verschwunden. Im Geist hörte ich sie bereits mit ihren Freundinnen telefonieren: *nomen est omen*, Herr Krebs hat Krebs.

Pfeifend kam Greta nach Hause, warf mir ihre Baskenmütze zu und zeigte in gleichem Maße gute Laune, wie ich es nicht tat. »Laus über die Leber gelaufen?« fragte sie.

»Gleich geht's dir besser, denn ich habe Leber ohne Laus mitgebracht, die ich rosa braten und mit Preiselbeeren und gedünsteten Quitten anrichten werde.«

Schon allzu oft hatte ich gegen ihren monochromen Tick Front gemacht; zermürbt von jahrelangen Kämpfen hatte ich längst aufgegeben. Die Alternative wäre nämlich gewesen, daß ich eigenhändig hätte kochen müssen. Bevor Greta aber im Bad verschwinden konnte, kam ich ihr zuvor, verschloß die Tube und legte alle Tiegel und Töpfe ins Regal zurück.

Wartend saß Greta am Küchentisch und las ihr Horoskop: »Die spontane Idee, die Sie am Freitag haben, sollten Sie sofort in die Tat umsetzen. Es wird sich für alle Beteiligten vorteilhaft auswirken.« Sie versank ins Grübeln. Offensichtlich überlegte sie sich noch vor dem Baden und Kochen eine spontane Idee für morgen.

Freitagnachmittags betreute ich das Schulorchester, die älteren Kollegen waren mit einem günstigeren Stundenplan bedacht worden. Ich kam erst gegen sechs nach Hause und traf Greta beim Verwirklichen der astrologischen Aufgabe an. Sie putzte Silber, polierte Gläser und gab lächelnd zu, daß sie Besuch eingeladen hatte.

»Wen?«

»Sag ich nicht. Überraschung.« Es schien sich jedoch nicht um eine größere Abendgesellschaft zu handeln, denn sie hatte nur drei Fischbestecke herausgelegt.

Als der Tisch gedeckt war, die Kerzen brannten und Greta sogar einige Kapuzinerblüten gefällig auf der lachsfarbenen Tischdecke verstreut hatte, kam der geheimnisvolle Besuch. Zu meiner Verwunderung war es Dankward.

Er hatte seinen Pferdeschwanz mit einer schwarzen Samtschleife zusammengebunden, eine neue knackige Lederhose angezogen und sah ein wenig wie Karl Lagerfeld aus. Viel schicker als sonst, es fehlte bloß noch ein Fächer. Ganz gegen ihre sonstigen Gewohnheiten küßte Greta den Gast auf den Mund. Mir war nicht ganz wohl in meiner Haut, denn ich wußte absolut nicht, was sie im Schilde führte. Nach einem Glas Sherry bat sie zu Tisch.

Auf Dankwards Serviette lag ein kleines Päckchen. »Für mich?« fragte er erstaunt. Greta nickte. Ich war gespannt, als er es auswickelte.

»Was ist das?« fragte er. »Rasierwasser?«

»Nein«, sagte Greta, »es ist *Divine*, das du genauso liebst wie ich.«

Dankward schaute mich fragend an. Ich wurde feuerrot; da mich Greta stets im Blick hatte, konnte ich nicht erklärend an meine Stirn tippen. Mein Freund sprühte sich zaghaft etwas Parfüm auf den Ärmel und sagte höflich: »Wunderbar! Vielen herzlichen Dank!«

Leider konnte der arme Dankward aus Gretas Verhalten auch weiterhin nicht klug werden, denn sie sprach die rätselhaften Worte: »Nun duften wir beide gleich, so wie du es dir gewünscht hast!« Dann begab sie sich in die Küche, um das Essen aufzutragen. Ich tat so, als wollte ich ihr helfen, und rannte hinterher.

»Bist du verrückt geworden? Willst du den armen Kerl bloßstellen, nur weil er ein paar Tropfen von deinem Duft geklaut hat?« zischte ich und trat mit dem Fuß die Küchentür zu, damit Dankward uns nicht hören konnte.

»Im Gegenteil«, sagte Greta, »es war ein ebenso spontaner wie genialer Einfall. Der arme Kerl ist einsam, lebt allein, sehnt sich nach Geborgenheit. Um dir näherzukommen, benutzt er mein Parfüm. Warum soll man nicht mal über seinen Schatten springen und ihm auf humorvolle und feine Weise demonstrieren, daß man keinerlei Vorurteile hat, sondern ihn versteht und mag ...«

Dankward und einsam! Fast jeden Monat hatte er eine neue Braut. Mit seinem Saxophon konnte er jede Frau aus ihrem Bett heraus- und in seines hineinlocken. Was sollte er davon halten, daß ihm Greta ein teures Damenparfüm schenkte und ihn zu einem *Dinner for three* einlud? »Er wird denken, du hast sie nicht alle ...«

Greta bettete den orangefarbenen chinesischen Zierkarpfen und die gedünsteten Mandarinen auf eine ovale Platte und drückte sie mir in die Hand. Sie selbst folgte mit einer Schüssel voll glasierter Karotten. Zum Nachtisch gab es Rüblikuchen.

»Wo gibt es solche großen Goldfische zu kaufen?« fragte Dankward andächtig.

Greta schmunzelte. »Zu kaufen direkt nicht, aber im Schloßweiher tummeln sich Hunderte ... Was hast du eigentlich für ein Sternzeichen?«

Das Thema war unverfänglich. Greta behauptete, sie habe in ihrem bisherigen Leben überhaupt nichts auf Horoskope gegeben, sei aber inzwischen eines Besseren belehrt worden. Seit sie im STERN ihr Wochenhoroskop lese, habe sie noch nie etwas Unzutreffendes entdeckt. Alles stimme haarklein, und sie richte sich in letzter Zeit nach den jeweiligen Empfehlungen oder Warnungen und fahre gut damit. Auch der heutige Abend, sagte sie und grinste Dankward herausfordernd an, sei auf diese Weise zustande gekommen. Sie tranken sich zu.

Eine Gräte im Zahnfleisch sowie der Anblick des blankgesäbelten Fischgerippes wurden mir nach einiger Zeit unerträglich, und weil es kein anderer tat, trug ich eigenhändig das stinkige Geschirr in die Küche. Als Greta und Dankward mir schuldbewußt mit schmutzigen Schüsseln folgten, klingelte das Telefon in der Diele. Greta, neugierig, wie sie nun einmal war, spritzte davon.

»Du hast es gut«, sagte Dankward, »ich kannte deine Freundin bisher ja nur oberflächlich. So was von originell und liebenswert! Im Gegensatz zu mir mußt du überglücklich sein!«

Ich war verblüfft. »Na, du kannst dich doch am allerwenigsten beklagen …« sagte ich.

»Mein Gott, vor zehn Jahren hat es mir gefallen, wenn die Teenies in der ersten Reihe bei meinem Auftritt *echt süß* sagten. Aber inzwischen kann ich es nicht mehr hören. In unserem Alter will man einen geordneten Haushalt und ein geregeltes Liebesleben!«

Bevor ich Gretas Gräte entfernt und mich von meiner Verwunderung erholt hatte, gesellte sich die Superköchin wieder zu uns. »Komische Schüler hast du«, sagte sie, »da wollte irgend eine Tussi den kranken Herrn Krebs aus meiner Wohngemeinschaft sprechen. Natürlich hab ich aufgelegt.« Ich zuckte zusammen: Bestimmt war es die besorgte Ursula, die mir ihre Anteilnahme und Zuneigung versichern wollte! Ich wurde so böse auf Greta, daß Dankward ihr zu Hilfe kam: »Wenn Schüler so spät am Abend anrufen, dann ist das eine Unverschämtheit. Man darf diesen Kids noch nicht einmal den kleinen Finger reichen, sonst wird es rasch eine Selbstverständlichkeit, daß Lehrer zu jeder Tages- und Nachtzeit verfügbar sind.«

Greta drehte mir eine Nase, holte eine Flasche Sekt und schenkte ein. »Fisch will schwimmen!« behauptete sie und erschien mir reichlich überdreht. »Hast du dein Sexophon dabei?« fragte sie meinen Freund, »wir könnten doch ein bißchen Musik machen!«

Natürlich trug Dankward sein Instrument bei einer Essenseinladung nicht mit sich herum, aber er setzte sich unverzüglich an unser Klavier, tat so, als ob es ein Keyboard wäre, und fing an zu improvisieren. Neidisch stellte ich wieder einmal fest, daß mir das nicht gegeben war und auch keiner nach meiner Trompete fragte. Greta juckte es sichtlich in den Fingern, ich hatte Angst, daß sie von der Küche aus ihr Harmonium traktieren würde, um sich in Dankwards Rhythmen einzureihen. So weit ging sie zwar nicht, aber sie drohte: »Irgendwo liegt doch meine olle Blödflocke!«, und nach kurzem Kramen in der Handschuhschublade fand sie ihre Flöte und legte los. So heißblütig und vital hatte ich Greta noch nie erlebt, außerdem hätte ich mir nicht träumen lassen, daß man auf einer Blockflöte etwas anderes als *Hänschen klein* spielen konnte.

Als schließlich unsere Nachbarn mit dem Besen an die Wand klopften, mußte das Hauskonzert abgebrochen werden. Leider nahm Dankward dieses Signal nicht zum Anlaß, sich davonzuschleichen. Greta öffnete die dritte Flasche Schampus. »Armes krankes Hascherl«, sagte sie und fuhr mir grob über den Kopf, der auf dem Küchentisch ruhte, »vielleicht solltest du dich schon mal hinlegen, du siehst reichlich welk aus.« – Dankward schaute zum ersten Mal an diesem Abend auf mich herunter, wobei er überrascht feststellte: »Früher hattest du mehr Haare.«

Dann erzählte er von unserem ehemaligen Studienkollegen Franky, daß er eine Yamaha-Schule eröffnet habe und jetzt wegen Verführung einer Minderjährigen im Knast sitze. »Geschieht ihm recht!« rief Greta. »Für alte Knacker, die nach Frischfleisch gieren, kann ich nicht das geringste Verständnis aufbringen! In der Musikschule habe ich eine Kollegin, die man gelegentlich mit einem 18jährigen Waldhorn-Schüler im Café sitzen sieht …« – Nun ging sie aber zu weit.

»Wer hätte gedacht, daß du derart prüde und intolerant bist!« schrie ich. »Das ist derselbe Geist, der einen Vater des Mißbrauchs beschuldigt, wenn er mit seiner vierjährigen Tochter in der Badewanne planscht. Kennen wir doch aus der Zeitung, diese Spießer, die in den harmlosesten Beziehungen gleich Unmoral wittern!«

»Der getretene Hund beißt zurück«, konterte Greta; Dankward sah mich verwundert an, dann erhob und verabschiedete er sich rasch. Ich war stinksauer, aber Greta triumphierte. »Ich glaube fast, daß ich ihn umgepolt habe«, sagte sie, »er hatte insgesamt viel mehr Interesse an mir als an dir.« Sollte sie sich ruhig einbilden, sie hätte eine Eroberung gemacht! Ich war jedenfalls froh, daß sie keine weiteren Anspielungen auf hübsche Schülerinnen machte. Seit meiner Referendarzeit hatte sie einen sechsten Sinn für meine geheimsten Träume entwickelt.

Als ich am darauffolgenden Montag den Musikraum betrat, musterten mich meine Leistungskurs-Schüler mit neugieriger Befangenheit. Um meine Gesundheit zu demonstrieren, erwähnte ich ganz nebenbei eine zweitägige Radtour, die ich am Wochenende unternommen hätte. Zu spät fiel mir ein, daß mir eines der beiden pickligen Jüngelchen in der Nachbarstadt bei C&A begegnet war. Falls er sich ebenfalls erinnerte und seinen Kameradinnen von meinem Kauf eines karierten Hemds erzählte, würden sie mich wahrscheinlich für einen todkranken Meister der Verdrängung halten.

Bei der nächsten Sonderprobe erklärte ich meiner Herzensschönen, daß ich wegen einer leichten und völlig harmlosen Hautreizung eine spezielle Creme benutzen mußte, deren Reaktion auf meinem Kopf vielleicht einen irritierenden Eindruck hinterlassen habe … Sie schien mir zu glauben, setzte sich nach Ablauf der Stunde sogar freiwillig zu mir an den Küchentisch, lehnte jedoch ein Glas Wein erschrocken ab. Sie sei leidenschaftliche Teetrinkerin. Also suchte ich eine Kanne und kramte in Gretas Vorräten, bis ich auf eine rote Teesorte stieß.

Dann fragte ich Ursula nach ihrer Lebensplanung. Sie

habe bis zum Abi ja noch ein ganzes Jahr Zeit, sagte sie. Dagegen sei ihr armer Bruder schon bald mit der Qual der Wahl konfrontiert, zuvor jedoch mit dem anstehenden Abitur samt Musik-Prüfung. Ich kann im nachhinein gar nicht mehr sagen, wie es geschah, aber irgendwie entlockte sie mir das Abiturthema für ihren Bruder.

Er ahne ja bereits, daß es um Schuberts Liederzyklus *Die schöne Müllerin* gehe, sagte sie. Und ich fuhr fort: »Stimmt genau. Wie ich ihn kenne, wird er meine Fragen mit Bravour beantworten können, denn es geht mir um die Motivik der Klavierbegleitung im allgemeinen und im besonderen!«

»Welches Lied im besonderen?« fragte sie und sah mir tief in die Augen.

Ich pfiff: »Das Wandern ist des Müllers Lust«, und sie schenkte mir ein bezauberndes Lächeln. Dann verschwand sie wieder so rasch wie Aschenputtel nach dem großen Ball, verlor aber keinen Pantoffel, sondern vergaß im Flur eine Plastiktüte.

Greta kam, wie fast immer, fröhlich nach Hause. Sie erzählte stolz, daß sie in der Volkshochschule in Vertretung einer schwangeren Kollegin den Kurs *Das Spiel auf der Sopranblockflöte – Fortgeschrittene* leiten werde. Schon lange war es ihr Wunsch, auch außerhalb der Musikschule Unterricht zu erteilen. Abgesehen davon habe sie nun die Möglichkeit, selbst kostenlos Kurse zu besuchen. Sie schwanke noch zwischen »Schleiertanz-Phantasien« und »Schlemmerfeste im Freien«. Und nach dieser frohen Botschaft packte sie endlich die Lebensmittel aus ihrem Korb und sorgte für Ordnung in Küche, Bad, Schlafzimmer und Diele.

Mir fällt nie auf, wenn etwas herumliegt. Fürs Aufräumen war Greta zuständig. Mit Luchsaugen entdeckte sie sofort alles, was auch nur im geringsten auf die Spur einer anderen Frau hinwies. Eine dritte Tasse in der Spülmaschine, eine Haarklammer im Bad, das rasche Auflegen eines ungenannten Anrufers – stets interpretierte sie solche Belanglosigkeiten als Beweis meiner Untreue. Im Fall Ursula war es aber leider noch nicht zu einer Annäherung, sondern bloß zu drei Gesangsproben gekommen, als Greta die Plastiktüte im Flur erspähte. Ich las gerade in aller Seelenruhe die Zeitung, als ich durch ein unheilvolles Knurren aufgeschreckt wurde. Greta hatte den Inhalt der Plastiktüte auf den Küchentisch geschüttet und untersuchte mehrere triviale Gegenstände mit kriminalistischem Eifer.

Vor ihr lagen Noten, ein Lippen-Fettstift, ein Müsliriegel und eine leere Coladose, eine Packung Tempotücher und ein Notizbuch, das wohl als Terminkalender diente. Greta dachte gar nicht daran, mir das schwarz-rote Büchlein auszuhändigen, sondern las laut Ursulas Name und Anschrift vor, denn anscheinend war alles ordentlich auf dem Deckblatt vermerkt. Dann studierte sie aufmerksam sämtliche Eintragungen meiner Schülerin. Als sie endlich fertig war, schob sie mir das kleine Buch über den Tisch und sah mich dabei an wie einen überführten Kinderschänder.

Ich blätterte. Dreimal stand von zarter Hand geschrieben: »Bei Thomas«.

Niemals hatte mich Ursula mit dem Vornamen angesprochen, stets hatte sie völlig korrekt »Herr Krebs« und »Sie« zu mir gesagt. Einerseits besagte diese Formulierung, daß sie in Gedanken bereits eine gewisse Intimität zu mir hergestellt hatte, andererseits hatte Greta nun einen mutmaßlichen Beweis für meine Charakterlosigkeit in der Hand.

»Du weißt doch selbst am besten«, versuchte ich mich zu rechtfertigen, »daß junge Mädchen Traum und Wirklichkeit nicht auseinanderhalten können!«

Greta meinte höhnisch: »Du gibst dich also jeden Donnerstag mit einer Schizophrenen ab?«

Ich antwortete nicht und blätterte weiter. *»Krebs = Fisch = Fischschuppenkrankheit«* stand im Anhang zu lesen. Sollte wohl witzig sein.

Mit Greta war heute weniger zu spaßen. Mit finsterer Miene nahm sie Dufflecoat und Baskenmütze vom Haken und verließ wortlos das Haus. Gekocht hatte sie noch gar nichts, wenn auch gewisse Einkäufe auf ein geplantes wollweißes Essen hinwiesen: Teltower Rübchen, Basmati-Reis und Hühnerbrust. Sollte ich selbst kochen? Sollte ich Ursula anrufen und ihr mitteilen, daß sie ihren Krempel vergessen hatte? Ich hatte wenig Lust, am Ende mit ihren Eltern reden zu müssen, und ließ es bleiben. Zum Kochen hatte ich erst recht keinen Bock, also schmierte ich mir ein Butterbrot, legte außer goldgelbem Gouda rote Tomatenscheiben darauf und streute aufsässig noch grünen Schnittlauch darüber. Dann las ich endlich mein Horoskop:

»Single-Fische können mit einer aufwühlenden Begegnung rechnen.

Nur deshalb wählte ich nach langem inneren Ringen Ursulas Nummer, die ebenfalls im schwarz-roten Büchlein stand. »Hallo!« sagte eine weibliche Stimme. – »Ursula?« fragte ich zurück.

Sie sei Ursulas Mutter, kam die Antwort, ihre Tochter sei wie meistens nicht zu Hause. Mit wem sie denn spreche? Ich erschrak maßlos – wie hatte ich bloß dieses burschikose Organ mit Ursulas mädchenhafter Stimme verwechseln können! Aber ich legte blöderweise nicht auf, sondern gab mich als Musiklehrer zu erkennen.

»Gut, daß ich Sie mal an der Strippe habe«, sagte die Frau, »ist es denn wirklich nötig, daß das Kind stundenlang bei Ihnen proben muß! Spät abends und völlig überfordert kommt Ursula nach Hause. Es wäre viel wichtiger, daß sie sich auf die anderen Fächer konzentriert ... Im übrigen dachte ich, sie wäre immer noch bei Ihnen!«

Sollte ich meinen Augenstern, der seit vielen Stunden nicht mehr in meiner Nähe leuchtete, schnöde verraten? Ich ging nicht weiter auf dieses Thema ein, sondern sagte bloß: »Sie hat ihre Noten bei mir vergessen. Sagen Sie ihr doch ...«

»Ach, und noch was«, unterbrach mich Ursulas Mutter, »auch ein Lehrer sollte mit der Zeit gehen! Händel oder Haydn oder was Sie da mit ihr singen, das spricht doch heutzutage keinen jungen Menschen an. Ich habe das Gefühl, Sie können sich in unsere Jugend überhaupt nicht mehr einfühlen.«

Ursula schien mich als Fossil der Steinzeit geschildert zu haben. Trotzdem versuchte ich, gut Wetter zu machen. »Was würden Sie denn vorschlagen?« fragte ich zuckersüß.

»Auf jeden Fall ein Musical«, sagte sie, »zum Beispiel *Starlight Express*, habe ich neulich in Bochum gesehen. Große Klasse! Leider behaupten unsere beiden Kinder, Musicals seien mega-out. Aber man muß ihnen schließlich die Kultur nahebringen, sonst ...«

»Nun, wenn Ursula Musik studieren will«, wandte ich vorsichtig ein, »sollte sie auch über die Klassik Bescheid wissen. Und außerdem muß ich mich in etwa an den Lehrplan halten.« – »Musik studieren? Hat sie Ihnen etwa diesen Bären aufgebunden? Nein, unsere Ursula will Stewardeß werden. Bei so einer Figur braucht sich ein Mädchen doch nicht auf der Uni abzuquälen!«

Schleunigst machte ich dem Gespräch ein Ende. Wie alt mochte Ursulas Mutter sein? Höchstens zehn Jahre älter als ich, aber sie tat so, als sei ich ihr Großvater. Meine Schöne hatte zu Hause ein wenig geschwindelt. Wo mochte sie hingehen, wenn sie mich verließ? Und wo war Greta abgeblieben? Auf Weiber war kein Verlaß. Frustriert rief ich bei Dankward an, aber er meldete sich nicht. Ich hatte Lust, mich zu besaufen, fand aber nur Kräuterlikör und Cassis. Den Wein hatte ich bereits intus.

Auf dem Küchentisch lag immer noch das schwarz-rote Büchlein. Widerwillig schenkte ich mir ein winziges Gläschen Kräuterlikör ein und blätterte Ursulas Heft ganz langsam und sorgfältig durch. Wie jung sie noch war! Wie kindlich die Schrift! Und wie liebevoll sie die kleinen Zeichnungen und Abziehbildchen eingefügt hatte!

»Mein Geburtstag« las ich auf der Seite für den 18. Januar. Neben diesen wichtigen Eintrag hatte sie brennende Kerzen und so etwas wie einen Ziegenbock mit Sprechblase gezeichnet. Juchuuu! rief das schafsartige Tier. Nach kurzem Grübeln rekapitulierte ich, welches Sternzeichen zuständig war – der Steinbock. Ein inniges Gefühl der Verbundenheit durchströmte mich, weil ich mein Schätzchen durchschaut hatte: Der Steinbock war nichts anderes als ein Selbstporträt. Ich blätterte im lateinischen Wörterbuch und brachte einen Toast auf den Capricornus aus! Erneut schenkte ich mir Likör ein und las endlich Ursulas Horoskop für diese Woche: »Das Alter spielt bei der Liebe keine Rolle. Sie haben den nötigen Elan, um sich gegen die Vorurteile Ihrer Umwelt durchzusetzen. Folgen Sie Ihrem Herzen!«

Ein klarer Befehl. Hoffentlich hielt sich Ursula daran und gehorchte. Als Memento schnitt ich diese Zeilen aus und klebte sie vorsichtig in das reizende Heft. Mit roter Lehrertinte malte ich kleine Herzen als Umrandung und spendierte dem Bock, biologisch unkorrekt, einen riesigen Euter zwischen die Vorderbeine. Schließlich verbrachte ich bei Likör, Cassis und Miniaturmalerei einen wunderbaren Abend. Als Greta um Mitternacht noch nicht zu Hause war, legte ich mich glücklich ins Bett.

Das Erwachen war weniger angenehm. Das Schlafzimmerfenster, das Greta sonst weit geöffnet hielt, war hermetisch verschlossen, die Luft stickig und verbraucht. Mir

brummte der Schädel, die Zunge klebte wie ein ausgetrock-
netes graues Schwammtuch am Gaumen. Auf dem Weg ins
Bad sah ich Greta im Wohnzimmer auf dem Sofa kampie-
ren; flugs schloß ich die Tür und hoffte, daß sie so bald
nicht erwachte. Nach dem Duschen stand ich in der Küche
und trank literweise Mineralwasser. Um neun Uhr begann
mein Unterricht, ich mußte mich sputen. Das Büchlein lag
nach wie vor auf dem Küchentisch, aber es war nicht aus-
zuschließen, daß Greta noch zu später Stunde meinen Bei-
trag entdeckt hatte. Eigentlich hatte ich vorgehabt, die Plastiktüte mit in die Schule zu nehmen und Ursula zu überge-
ben. Aber als ich das Büchlein erneut zur Hand nahm,
schämte ich mich in Grund und Boden – war es wirklich
ich, der diese pubertären Anzüglichkeiten und schwachsinnigen Liebesbeteuerungen hineingeschrieben hatte? Großer Gott, da half kein Tintentod, sondern nur noch die ra-
dikale Eliminierung. Ich würde standhaft leugnen, daß in
der Tüte etwas anderes als Noten gewesen wären.

Schneller als gedacht mußte ich mich rechtfertigen. Vor
dem Lehrerzimmer erwartete mich Ursula. »Haben Sie
meine Noten?« fragte sie, »meine Mutter …«

»O je, ich wollte sie Ihnen eigentlich mitbringen, aber
die Plastiktüte befindet sich wohl noch bei mir zu Hause.
Auch Lehrer sind gelegentlich vergeßlich!« sagte ich. »Sie
können ja am Nachmittag vorbeikommen, auch wenn
heute erst Dienstag ist.«

Sie nickte ein wenig kläglich und eilte davon.

Als ich mittags nach der bewußten Plastiktüte suchte,
war sie ebenso unauffindbar wie das Büchlein, dessen um-

gehende Liquidierung beschlossene Sache gewesen war.
Ich stellte fast die ganze Wohnung auf den Kopf, bis ich zu
dem naheliegenden Schluß kam, daß Greta dahintersteck-
te. Also begann ich, ihren Schreibtisch zu durchwühlen.
Vergeblich.

Schließlich stand Ursula vor der Tür. »Hallo!« sagte sie,
ein bißchen verlegen, wie mir schien, »ich muß meine Tüte
im Flur vergessen haben. Dort – bei den Mänteln!«

Wie idiotisch von mir, daß ich ihre Mutter angerufen und
zugegeben hatte, daß Ursula ihre Siebensachen nicht zu-
sammenhielt! Wie sollte ich mich jetzt aus der Affäre ziehen?

»Kommen Sie erst mal herein«, sagte ich liebenswürdig,
»ich habe gerade nach Ihren Noten gesucht und sie nicht
gefunden. Ich kann es mir nur so erklären, daß meine
Putzfrau die Tüte versehentlich in den Müllcontainer ge-
schmissen hat. Natürlich bekommen Sie neue Noten von
mir, das ist Ehrensache.«

»Es waren nicht bloß Noten«, sagte Ursula, »viel wichtiger ist mir ein kleines Heft mit meinem Stunden- und
Terminplan, mit Adressen und Telefonnummern. Eigentlich nicht zu ersetzen.« Ratlos blickten wir uns an.

»Ich werde weitersuchen und natürlich die Putzfrau be-
fragen«, versprach ich. Ganz plötzlich brach Ursula so heftig in Tränen aus, daß es mir in tiefster Seele weh tat. Behut-
sam strich ich ihr über das seidige Kinderhaar und sagte
tröstend: »Nicht gleich verzweifeln! Falls sich das Büchlein
wirklich nicht mehr findet, will ich alles tun, um den Verlust wiedergutzumachen.« Sie nickte, rieb sich die Äuglein
und reichte mir zum Abschied ihre klebrig-nasse Pfote.

Kaum war ich wieder allein und kramte verzweifelt weiter, als Greta auftauchte. »Was machst du an meinem Kleiderschrank?« fragte sie scharf. Ich ging sofort in die Offensive: »Du hast die Sachen meiner Schülerin irgendwo deponiert, wo ich sie nicht finden konnte. Dazu hattest du kein Recht.« Greta beteuerte scheinheilig: »Hab ich doch gar nicht. Ich wollte bloß, daß deine Ursula ihren Besitz umgehend zurückerhält. Ihr Bruder hatte heute bei mir Klavierstunde; war doch praktisch gedacht, ihm die Tüte mitzugeben.«

Ich wurde leichenblaß. Lebhaft malte ich mir aus, wie dieser – sicherlich schlampige – Bruder zu Hause die Tüte fallen ließ, die Mutter sich neugierig darüber hermachte, und das Büchlein mit meinen schweinischen Eintragungen demnächst Thema einer Elternbeirats-Sitzung sowie eines peinlichen Gesprächs unter vier Augen mit dem Direktor unserer Schule wurde. Und das war die harmloseste Variante.

»Was hast du?« fragte Greta. »Wirst du krank? Habe ich etwas falsch gemacht?«

Ich mußte tatsächlich ins Bad rennen, weil mir schlecht wurde.

»Na, hat der Fisch die Fische gefüttert?« kalauerte Greta.

Ich stöhnte bloß: »War das Büchlein in der Tüte?« Vielleicht bestand eine geringe Hoffnung, daß es noch irgendwo herumlag.

Greta nickte. »Klar. Du mußt dir keine Sorgen machen, ist alles erledigt.« Anscheinend hatte sie das Heft in die Tüte gesteckt, ohne meine geschriebenen und gezeichneten Beiträge zu entdecken, andernfalls hätte sie nämlich ein solches Donnerwetter auf mich niederprasseln lassen, daß mir Hören und Sehen vergangen wären. Dennoch traute ich ihr nicht über den Weg, denn sie erschien mir allzu harmlos und freundlich.

Wie sich im nachhinein herausstellte, hatte ich recht. Gretas hinterhältiger Racheplan gründete auf Langzeitwirkung. Zwar hatte Ursulas Bruder das Corpus delicti nicht seinen Eltern, sondern direkt seiner Schwester ausgehändigt, aber Ursula begann mich von da an systematisch zu erpressen. Entweder blieb sie dem Unterricht ganz fern, oder sie beschäftigte sich mit Aufgaben aus anderen Fächern. Für die Klausuren mußte ich ihr am Tag zuvor alle Fragen mit den richtigen Antworten auflisten, die sie dann nur abzuschreiben brauchte. Falls sie sogar dafür zu faul war, zwang sie mich trotzdem zur bestmöglichen Bewertung – beim Abitur des Bruders natürlich ebenfalls. Im übrigen erfuhr ich, daß Ursula einen fünfzehnjährigen Thomas liebte, den sie im Anschluß an mich regelmäßig besucht hatte. Seinem jugendlichen Überschwang war sicherlich die von Ursulas Mutter beobachtete Erschöpfung zuzuschreiben, unter der ihre Tochter nach den Proben offensichtlich litt.

Doch in anderer Hinsicht hatte meine rasch erkaltende Liebe zu Ursula viel verhängnisvollere Folgen. Schon wochenlang hatte ich nichts Warmes mehr zum Essen erhalten, sondern mußte jeden Abend schauen, wie ich satt wurde. Die Wohnung war leer, meine Wäsche blieb schmutzig, im Kühlschrank fand sich nur noch ein Glas Gurken. Mir ging es beschissen.

Eines Tages kam ich heim und roch schon in der Diele einen lang entbehrten köstlichen Duft nach Speck, Sahne, Rotwein, Knoblauch und *Divine*. Greta und Dankward saßen in trauter Zweisamkeit auf dem Sofa. »Wir haben mit dir zu reden«, sagte sie. Ich ahnte nichts Gutes.

»Dankward wird heute hier einziehen«, sagte meine langjährige Freundin, »und deswegen mußt du jetzt raus, denn für drei wird es zu eng. Schließlich war und ist es *meine* Wohnung. Wir haben schon angefangen, deine Sachen zu packen.«

Ich protestierte. Woher sollte ich von einer Minute auf die andere eine neue Bleibe finden?

»No problem«, beruhigte mich Dankward, »du kriegst meine Bude, die wiederum für zwei nicht ausreicht. Und falls du wider Erwarten eine neue Partnerin finden solltest, kannst du vielleicht hierher zurückkommen, weil es uns im nächsten Jahr zu eng werden könnte.«

»Aha!« sagte ich. Mehr fiel mir vorerst nicht ein. Aber dann wollte ich doch zeigen, daß ich kapiert hatte und ein fairer Verlierer war, dem das alles nicht das geringste ausmachte. Mühsam scherzte ich: »Für eure künftige Hausmusik müßt ihr aber mindestens Zwillinge kriegen.«

Greta behauptete: »Kanon singen macht bereits zu dritt viel Freude«, drückte mir einen Koffer und die Autoschlüssel in die Hand und röhrte los: »He-joo, spann den Wagen an!« – Und der falsche Dankward brüllte hinter mir her: »Es müssen mindestens Drillinge sein, wenn man eine Big Band plant!«

Ich sagte kein Wort des Abschieds, sondern wünschte

insgeheim, daß sie vor lauter Blagen keine Luft mehr kriegen sollten.

Der Wind trieb Regen übers Land, als ich in Dankwards
dunkle Stube trat. Mein Flokati – das einzige Stück, das ich
zu Gretas Einrichtung beigesteuert hatte – lag bereits grau
und schmutzig als Fußabtreter vor der Tür. Kein wärmen-
der Ofen, kein duftendes Essen, kein Stern am Himmel,
kein Silberstreif am Horizont, während in meinem ehemaligen Zuhause Greta und Dankward jetzt wahrscheinlich
endlos weitersangen und die goldnen Garben einholten.

Es war herbstlich geworden, dieses ungeheizte Loch
war eine Zumutung. Hoffentlich hatte mir Greta den dik-
ken Pullover eingepackt. Als ich den Koffer öffnete, lag
ganz oben ein Pizza-Karton. Wenigstens brauchte ich heute abend nicht zu verhungern. Begierig klappte ich den
Deckel auf und zuckte zusammen.

Von allen monochromen Abendmahlzeiten waren mir
die schwarzen Essen stets am widerlichsten gewesen. Vor
mir lag eine zu Kohle verbrannte Pizza, garniert mit
Lakritzstückchen, die wie Hasenscheiße aussahen. In der
Mitte klebte mein Horoskop: »Fische – Wer wird denn
gleich schwarzsehen! In Ihrem neuen Ambiente fühlen Sie
sich wie ein Fisch im Wasser, und in der Liebe können Sie
auf den größten Erfolg Ihres Lebens zurückblicken.«

Heute logen die Sterne wieder einmal das Blaue vom
Himmel herunter.

Annette Meyers *Geködert*
Ein Smith & Wetzon Fischkrimi

»Er ist tot.«

Die Stimme war rauh und voller Angst und riß Wetzon aus dem Tiefschlaf.

Sie setzte sich auf und versuchte, die dichten Wolken zu lichten, die sich in ihrem Gehirn zusammengeballt hatten. Der Telefonhörer glitt ihr aus der Hand und vollführte einen anbetungswürdigen Looping. Sie erwischte das Ding gerade noch, bevor es auf den Boden knallte. Ein aufgeschrecktes Kläffen drang vom Fußende des Bettes, wo der Malteser Isabella noch im Halbschlaf döste.

»Wer spricht da?« Nur langsam hörte Wetzons Radiowecker auf, Strichmuster in die Dunkelheit zu werfen und blinkte ihr statt dessen eine Zahl entgegen: 4:30. Samstag früh.

»Verdammter Mist!« Die Stimme kreischte in ihre Ohrmuschel. Wetzon hielt den Hörer auf Armlänge und blickte erst ihn, dann Izz an. Die Hündin hielt ihren Kopf in Richtung der Dezibel geneigt, die aus dem Telefon herausschallten.

»Wo bist du?« Wetzons Kopf dröhnte, und sie fühlte sich, als ob ein Heer von Kobolden Preßlufthämmer an ihren Wangenknochen angesetzt hätten. In der Nacht zuvor war sie mit ihrem Lieblingsfreund Carlos auf einer Benefizveranstaltung für verarmte Schauspieler im Lincoln-Center gewesen und danach noch auf einer Party im Shun

Lee Café. Sie war erst weit nach zwei nach Hause gekommen.

»Ich bin eingeschlossen. Du mußt mich hier rausholen. Sofort!«

Noch ein schrilles Kreischen. Diesmal sendete es einen zuckenden Kugelblitz durch Wetzons Schädel.

»Verdammt, Smith, weißt du eigentlich, wie spät es ist?« Sie brach ab. Was hatte Smith nochmal gesagt, nachdem Wetzon auf das panische Gebimmle des Telefons reagiert hatte? »Smith, hast du eben gesagt, daß jemand tot ist?«

»Was ist los mit dir?« Smiths Stimme überschlug sich.

Jetzt war sie hellwach. »Okay, okay.« Wetzon schwang die Füße auf den Boden, und der Malteser blickte entgeistert zu ihr hoch. »Wo bist du? Hast du die Polizei gerufen?«

»Front Street sechsundsechzig, Ecke Fulton. Suite 1205. Und halt dich gefälligst ein bißchen ran.« Der Hörer knallte auf die Gabel und versetzte Wetzons Ohr in Schwingungen. Keine Antwort auf die Frage nach der Polizei.

Wetzon stöhnte. Wenn wirklich jemand tot war, vielleicht sollte sie dann die Polizei rufen? Nein, das hier war nur einer von Smiths Pseudo-Notfällen. Sie war sich absolut sicher. Aber warum um alles in der Welt um diese Uhrzeit? Und dazu noch den ganzen Weg durch die Stadt bis zur Front Street, also praktisch bis zur äußersten Spitze von Manhattan?

Sie schleppte sich zur Dusche, stellte sich ein paar Sekunden unter die heiße Brause und drehte den Hahn dann auf kalt. Sie fühlte sich immer noch völlig zerschlagen, als sie frisches Wasser für Izz hinstellte – glückliche Hündin, sie schlief schon wieder, eingemummelt in ein warmes Bett, während Wetzon, die Märtyrerin, der Kälte die Stirn bieten mußte. Zwar hatte sich der Februar mit der Nacht zuvor abgemeldet, aber auch im März war der Winter noch lange nicht vorbei. Sie zog die Leggings an und schlüpfte in einen viel zu weiten Pullover, band ihre nassen Haare zu einem Knoten zusammen und steckte ihn unter die Baskenmütze. Zuletzt kam die neue Lederjacke mit dem Steppfutter.

Die offenen Schnürsenkel an ihren Keds flogen nach links und rechts, die Schultertasche baumelte am angewin-kelten Ellenbogen, aber sie schaffte es, in weniger als fünf-zehn Minuten aus dem Haus zu kommen. Unversehrt er-reichte sie den geschützten Eingangsbereich von *Starbuk-ks*, und das war mehr als Glück, denn es wehte ein eisiger Wind, und sie hatte keine Socken an. Ein Taxi, das gerade die Columbus Avenue herunterkam, bemerkte ihr unko-ordiniertes Winken und hielt an der Bordsteinkante.

Das Taxi raste auf der verkehrsarmen Querstraße durch den Central Park in östlicher Richtung, während sich mit der Morgendämmerung der Samstag ankündigte. Aus ver-schlafenen Augen sah sie vereinzelte, fröstelnde Gestalten auf dem Weg zur morgendlichen Laufrunde um den Stau-see.

»Das hier ist das schärfste Ding, das mir in der letzten Zeit passiert ist.«

»Haben Sie etwas gesagt, Lady?« Die Fahrerin war eine kleine Chinesin unbestimmten Alters, die in vorgebeugter

Haltung fuhr und das Lenkrad dabei mit beiden Händen umklammerte.

»Entschuldigung. Ich führe Selbstgespräche«, sagte Wetzon. Die ganze Sache war so typisch Smith. Bei ihr mußten sich immer alle »gefälligst ranhalten«, Wetzon eingeschlossen. Wetzon ganz besonders. Sie fuhr sich mit der Hand über die schmerzende Stirn. Warum hatte sie nicht noch ein paar Aspirin eingeworfen?

Immerhin: Wenn Wetzon zu den ersten Worten zurückspulte, die Smith an diesem Morgen zu ihr gesagt hatte – »*Er ist tot*« – dann hatte Smith da wirklich verängstigt geklungen. Und was hatte sie damit gemeint, sie sei eingeschlossen?

Sie arbeiteten jetzt seit fast elf Jahren zusammen, und Wetzon konnte immer noch nicht behaupten, daß sie ihre Partnerin verstand. Aber die Zusammenarbeit funktionierte hervorragend, und die Firma lief außerordentlich gut.

Die Geschäfte, die sie und Smith betrieben, waren im besten Sinne des Wortes mysteriös, und eben das verlieh ihrem Job einen gewissen Reiz. Sie betrachteten sich selber als Detektivinnen und fahndeten nach den geeignetsten Bewerbern für die Positionen, die ihre Kunden – die Drahtzieher in der allmächtigen Finanzwelt – zu besetzen hatten.

Daß man Leute wie sie »Headhunter« nannte, kümmerte sie nicht im geringsten. In der besseren Gesellschaft nannte man Profis wie sie »Executive Recruiters« oder auch etwas bescheidener »Personalberaterinnen«. Headhunter galt in diesen Kreisen als unfeiner Begriff. Die Wall

Street jedoch bewunderte Leute mit dem Instinkt und der Zähigkeit des Jägers und belohnte all jene, die in fremden Gewässern auf Gold stießen. Jeder, der bei dem ewigen Katz-und-Maus-Spiel mit dem Gesetz die Oberhand behielt, stieß hier auf Anerkennung.

Die beiden waren wirklich ein seltsames Paar. Smith kam aus dem Personalwesen, und Wetzon konnte auf eine Karriere als Tänzerin am Broadway zurückblicken. Daß ihre Namen auf so einprägsame Weise dem des berühmten Büchsenmachers entsprachen, konnte sie nur amüsieren, aber sie benutzten das natürlich, um ihre Einzigartigkeit zu betonen. Schließlich waren und blieben sie Frauen in einer Männerwelt.

Das Taxi kam kurz vor der Ecke zur Fulton Street zum Stehen; es war kein Weiterkommen. Überall parkten Laster in zweiter Reihe, und gewaltige Kühlwagen mit Nummernschildern aus anderen Bundesstaaten verstopften die Straße. Während der Rest der Stadt schlief, herrschte um den Fulton Fischmarkt geschäftiges Treiben. Seit über hundert Jahren wird der riesige Fischgroßhandel lange vor Sonnenaufgang an diesem Ort betrieben. Die Stadtverwaltung redete zwar öfters davon, ihn auf ein weniger hoch gehandeltes Grundstück zu verlagern, aber der Markt blieb, wo er war, und erfüllte die Gegend mit einem durchdringenden Fischgeruch und dem Geschrei und Gefluche der Fischhändler und ihrer Kunden. Über dem allem krächzten die Aasfresser und drehten ihre Runden, gierig, etwas zwischen die Krallen zu bekommen.

Wetzon war zu aufgedreht, um zu warten. Sie bezahlte

die Fahrerin und lief die wenigen Meter bis zur Front Street. Was zum Teufel trieb Smith in dieser Gegend? Und um diese Uhrzeit?

Nummer 66 entpuppte sich als das »Grunion Building«, ein Gebäude mit Fahrstuhl und einer Backsteinfassade, die hier und da mit Marmor aufgelockert war. Die Glastüren waren verschlossen, aber die Eingangshalle war – wie die meisten Lobbies – beleuchtet, damit Polizei und Wachschutz sie problemlos einsehen konnten.

Wetzon kniff die Augen zusammen und erkannte ein langgestrecktes Foyer mit niedriger Decke, Wände aus garantiert falschem Marmor und links drei Fahrstühle in einer Reihe. Keine Spur von Leben. Keine Klingel. Wie zum Teufel hatte Smith sich vorgestellt, daß Wetzon zur Suite 1205 hochkommen sollte? Am liebsten würde sie bis zur Water Street zurückwandern, sich ein Taxi heranwinken und damit nach Hause zurückfahren. Aber das tat sie nicht. Die panische Angst, die in Smiths Stimme mitgeschwungen hatte, drang wieder in ihr Bewußtsein, und im selben Augenblick kam ihr eine Idee.

Der Lieferanteneingang. Jedes Gebäude hatte einen. Sie lief um die Ecke zur Fulton Street. Da war er. Sie spähte durch das Gittertor, das den Zugang von der Straße versperrte, bückte sich und band ihre Schnürsenkel, richtete sich wieder auf. Das Tor war nicht verschlossen. Es gab ihrem leichten Druck nach. Sie blickte verstohlen die Straße hinauf und hinunter, dann schlüpfte sie hindurch. Vorsichtig setzte sie die Sohle ihres Turnschuhs auf die untere Querstrebe des Tors und schob es zu. Sie hoffte, daß es noch lose genug hing, denn vielleicht war es ihr einziger Weg zurück.

Eine Inspektion des Umfelds ergab, daß sie sich auf einem Müllabladeplatz befand. Auf allen Seiten türmten sich Berge von Schutt, Teppichbodenreste und große Putzbrocken. Dahinter etwas Wundervolles: Eine Treppe, die sich an der Außenwand hochzog. Leichter Abstieg im Brandfall. Leichter Einstieg für Eindringlinge ... sofern sich die Türen auf jedem Stockwerk von außen öffnen ließen.

Sie stieg die Metallstufen drei Stockwerke hoch, während sie die ganze Zeit vor sich hinbrummte: »Was zum Teufel habe ich hier zu suchen?« Nach drei weiteren Stockwerken legte sie eine Pause ein und streckte die Beine. Sie gab es äußerst ungern zu, aber die Kletterei setzte ihr allmählich zu. Noch sechs weitere Absätze.

Ihre Schritte auf den Metallsprossen verwandelten sich in ein sattes Klacken. Auf der weit unter ihr liegenden Straße drehte sich weiterhin alles nur um Fisch. Ein Motorrad dröhnte. Das matte Grau der Dämmerung ging in einen sanften Pfirsichton über, und der Streifen Himmel über ihr war in ein gewischtes Pastell getaucht.

Endlich: das zwölfte Stockwerk. Wetzon hielt inne, schloß die Augen und atmete tief ein. Sie konzentrierte sich kurz auf ihr Mantra, dann drehte sie den Türknauf an der Metalltür. Mit einem dumpfen Schaben gab sie nach. Das Schaben kam von dem Kugelschreiber, der unter ihr eingekeilt war. Wie praktisch. Ob Smith hier hochgestiegen war? Wohl kaum. Der Gedanke an Smith in ihren Stöckelschuhen auf der Feuertreppe war einfach zu viel. Aber als Wetzon sich herunterbeugte und den Stift herauszog, sah er doch genauso aus wie einer von Smiths goldenen MontBlancs. Sie steckte den Kugel-schreiber in die Tasche, trat durch die Tür und schob sie hinter sich zu.

Die nächste Tür ließ sich leicht öffnen – grandiose Si-cherheitstechnik –, und sie befand sich im Inneren des Ge-bäudes.

Obwohl das Licht nur schwach brannte, sah sie, daß die Halle wie ein T geschnitten war. Sie stand in dem etwas schmaleren Querbalken. Rechts befanden sich die drei Aufzüge. Auf der linken Seite eine Herrentoilette. Sie war-tete, lauschte, aber es blieb totenstill. Sie wagte sich in den Längsbalken des Ts, vorbei an einer Zahnarztpraxis (1202), einem Reisebüro (1203), einer Damentoilette und einer Import-Export-Firma (1204). Dann drehte sie sich um und blickte zu den Fahrstühlen zurück.

Hatte sie da eben nicht einen Luftzug gespürt? Sie blieb regungslos stehen. Ihre legere Freizeitkleidung, Leggings und Keds, paßten so gar nicht in diese Umgebung. Höch-stens die Zahnarztpraxis würde für diesen Aufzug in Frage kommen, aber auch das wohl kaum an einem Samstag um fünf Uhr früh.

Sie schlich in Richtung des Büros am Ende der Halle. Das mußte die 1205 sein, aber was war das an der Tür? Al-les andere als ein Firmenname, sondern ein Graffiti – an diesem Ort geradezu ein Schock. Schwarze Spraylinien auf dem hellen Holz der Tür ... ein Fisch, der sich auf den

Flossen aufrichtete, und … sie trat näher … er hatte einen gigantischen Penis.

Wetzon hielt sich den Mund zu, um nicht laut loszulachen. Langsam drehte sie den Türknauf. Wieder nicht abgeschlossen. Der Geruch von frischer Farbe vermischte sich mit einem intensiven Fischgestank und stach ihr in die Augen. Ohne Zweifel hatte sie es hier mit irgendeinem Bereich der Fischbranche zu tun – ein Wirtschaftszweig, der ihre snobistische Geschäftspartnerin eigentlich kaum anziehen konnte.

Der schwache Schein der Korridorbeleuchtung ließ einen geräumigen Empfangsbereich mit erst kürzlich ausgelegtem Teppichboden erkennen. Darüber waren Plastikplanen ausgebreitet, die Pfade bildeten. Die punktförmigen Abdrücke von Pfennigabsätzen bildeten eine Spur, die sich in der Dunkelheit verlor.

Wetzon betrat den Raum. »Smith?« Sie erhielt keine Antwort auf ihr Bühnenflüstern. Mit lauter Stimme sagte sie: »Entschuldigung? Hallo? Ist hier jemand? Ich habe mich anscheinend verlaufen.«

An der Wand links von ihr befand sich eine Reihe von Lichtschaltern. Sie drückte den ersten, und die Deckenbeleuchtung flackerte, dann wurde es hell. Frisch gestrichen, ganz klar. Wem gehörte dieses Büro? Und wo zum Teufel war Smith?

Sie bemerkte das Tageslicht und folgte dem Lichtstrahl durch einen Flur, vorbei an neuen, glänzenden Aktenschränken und an zwei Türen, die jedoch geschlossen waren. Sie zögerte, dann ging sie weiter. Das Licht strömte durch die offene Tür eines verglasten Büros mit Blick gen Osten. Keine Jalousien an den riesigen Fenstern. Ein gro-ßer Tisch aus Walnußholz beherrschte den Raum, und zwei offensichtlich neue, mit einem tweedartigen Polster bespannte Stühle. Auch hier Plastikbahnen auf dem Tep-pich und darüber verstreut loses Firmenpapier.

Sie hob ein Blatt vom Boden auf und las den Briefkopf. *Keegen Consultants, Tom Keegen, Aufsichtsratsvorsitzen-der.*

Verdammt! Sie ließ das Blatt auf den Boden fallen. Tom Keegen hatte seine Netze in denselben Fischgründen aus-gelegt wie Smith & Wetzon und machte wie sie Jagd auf die großen Hechte der Wall Street. Er war ihr wichtigster Gegenspieler. Und die Konkurrenz war erbarmungslos. Er hatte sie bei Kunden, bei Brokern angeschwärzt, hatte ih-nen Aufträge direkt unter der Nase weggeangelt. Vor Jah-ren hatte er ihnen Harold Alpert abspenstig gemacht, ih-ren ersten Teilhaber.

Vor zwei Jahren hatte Smith Keegens Schützling, Dar-lene Ford, abgeworben. Und im vergangenen Jahr hatte Keegen sie sich wieder zurückgeholt und damit erneut Öl ins Feuer gegossen. Für Smith war das der Gipfel der Un-verschämtheit, und seitdem war sie von dem Gedanken besessen, es ihm heimzuzahlen.

Der Raum stank intensiv nach Farbe ... und ... nein, nicht nach Fisch ... Wetzon kannte die Mischung, Schieß-pulver und Blut. Das Tageslicht fiel durch die blitzblanken Fensterscheiben und warf rechtwinklige Muster auf die Kunststoffplanen über dem Teppich, es sammelte sich in den messerscharfen Einkerbungen, die die Absatzspitzen hinterlassen hatten, brach sich in den kleinen Diamanten aus zerbrochenem Glas, verfing sich in etwas Silbrigem, das unter dem Schreibtisch hervorblitzte.

Wetzon ging in den Raum hinein, ganz langsam balancierte sie über die Glassplitter. Eine große, gerahmte – und zerstörte – Fotografie hing schief an der Wand hinter dem Schreibtisch. Sie zeigte eine Macho-Szene à la Hemingway: Hier posierten vier bekannte Drahtzieher der Wall Street – einer kleinwüchsiger als der andere – im Kampfanzug der Fischfänger. In ihrer Mitte hielt ein weiterer Mann triumphierend eine Art riesigen Schwertfisch. Gerade bei kleinen Männern zählt eben die Größe. Der Mann mit dem Fisch war kaum zu erkennen, denn Kugeln – offenbar eine ganze Menge – hatten erst das Glas zerschmettert und schließlich ihn selber – Tom Keegen.

Okay, die Austern waren schuld. Sie bekam immer solche verrückten Träume, wenn sie spät nachts noch welche aß. Es war alles nur ein Traum. Wenn es kein Traum war, dann war das hier mit hoher Wahrscheinlichkeit ein Ort des Verbrechens.

Sie beugte sich vor, um das silbrige Ding besser betrachten zu können. Dabei entdeckte sie einen hinterhältigen Sumpf aus verschüttetem Kaffee. Nein. Blut. Sie kniete sich auf den Boden und blickte unter den Schreibtisch. Tom Keegen stierte mit weit aufgerissenen Augen zurück. Leerer Blick. Tot.

»Leck mich am Arsch! Gleich alle beide?«

Doch nicht tot.

Beide? Bezog sich das auf Smith? War Smith endgültig durchgeknallt und hatte erst auf Keegens Foto geschossen und dann auf ihn selbst?

»Ich hatte einen Termin beim Zahnarzt vorne«, flötete Wetzon. *La-di-da.* Sie rappelte sich hoch. »Sie haben da ein bizarres Graffiti an Ihrer Tür.«

Keegen ächzte und manövrierte sich in eine sitzende Position.

»Dieser gottverdammte Karpf.«

Keegen mußte den Börsenmakler Irwin Karpf meinen, einen großen Produzenten. Karpf war vor drei Monaten von der *Providential* (Insider nennen sie die *Prov*) zur *First Buffalo Bank* gewechselt und hatte sich dabei von Tom Keegen vermitteln lassen. In der vergangenen Woche hatte *Prov* allerdings *First Buffalo* aufgekauft. Karpf war wieder genau da gelandet, wo er angefangen hatte, und darüber alles andere als glücklich.

Smith hatte ihn einmal mit herablassender Verachtung behandelt, als er noch ein völlig unbeleckter Grünschnabel war. Seither hegte Irwin einen ausgeprägten Haß gegen sie. Er war damals mit Dreck unter den Nägeln bei einem Vorstellungsgespräch aufgekreuzt, hatte die sprachlichen Gepflogenheiten und Verhaltensweisen eines Mafia-Klugscheißers zur Schau gestellt und einen grünen Polyesteranzug und ein Hemd mit ausgefransten Aufschlägen getragen. Heutzutage stammten seine Anzüge von Hugo Boss, aber seine Ausdrucksweise war die alte geblieben. Seine Kunden schien das nicht zu stören.

»Natürlich werde ich mit Ihnen arbeiten«, hatte er

Wetzon erklärt, bevor er zur *First Buffalo* gegangen war, »aber nur, wenn Sie Ihr Miststück von Partnerin über den Jordan bringen.«

»Nun mal langsam, Irwin, Sie wissen, daß ich so etwas nie tun würde.«

»Keegen hat das Gehirn einer Sardine, aber er versteht mich, Wetzon«, sagte Irwin. »Hier bei der *Prov* bin ich nur einer von vielen Produzenten, ein kleiner Fisch in einem großen Teich. Ich will aber der große Fisch in einem kleinen Teich sein.«

Also war er zur *First Buffalo* gewechselt, und Keegen hatte seine Sechzigtausend-Dollar-Gage eingesackt. Aber nachdem die *Prov* die *First Buffalo* aufgekauft hatte, schwamm Irwin wieder mit den anderen Fischen im großen Teich.

»Scheiße«, stieß Keegen plötzlich hervor.

»Oh Gott!« Gebannt starrte Wetzon auf den Blutschwall, der aus Keegens Brust quoll. Keegen glotzte an sich herunter, dann rollten seine Augäpfel nach oben, und er sackte in sich zusammen. Auf dem Plastik, das den Teppich bedeckte, sammelte sich das Blut in kleinen Pfützen.

Wetzon rief die Polizei an. Sie gab die Adresse durch und eine Beschreibung von Keegens Verletzung, soweit sie etwas sehen konnte. »Ich glaube, er wurde angeschossen, und er verliert viel Blut. Was soll ich machen?« Irgend etwas mußte passieren, oder ihre irre Partnerin steckte bis über den Hals in der Scheiße. Teufel, da steckten sie schon alle beide drin.

»Halten Sie ihn warm, nicht bewegen«, trug man ihr auf.

»Keegen, du Riesenarschloch«, sagte sie, »Sie haben uns beklaut, und jetzt ruiniere ich auch noch meine Lederjacke, um Ihnen das Leben zu retten.« Der Blutstrom kam ins Stocken, aber Keegen sah immer noch beschissen aus. Sie bedeckte ihn mit der Jacke. »Sie schulden mir eine Lederjacke, also sterben Sie mir jetzt gefälligst nicht unter den Fingern weg.«

Die Polizei kam vor dem Notarztwagen. »Polizei. Hat uns jemand gerufen?«

»Hier hinten.« Wetzon rutschte das Herz in die Hose.

»Whoa.« Ein bulliger, muskelbepackter Cop stand in der Tür. Er hatte die Pistole auf Hüfthöhe gezogen und ließ die Szene auf sich wirken. Dann steckte er die Knarre wieder in das Holster. Sein Partner tat es ihm nach. Obwohl er ein Schwarzer war, würden die beiden glatt als Muskel-Zwillinge durchgehen. Er ging in die Hocke, zog Wetzons Jacke von der Verletzung und riet Keegen: »Halt durch, Kumpel. Gleich kommt Hilfe.« Er schaute zu seinem Kollegen hoch und warf einen kurzen Blick auf Wetzon.

»Die haben mir gesagt, ich soll ihn warm halten, also habe ich meine Jacke über ihn gelegt«, stammelte sie hastig. Auf der Marke an der Brusttasche des Cops erkannte sie seinen Namen, S. Roge.

Roge untersuchte die Verletzung und deckte dann die Jacke wieder darüber. »Das haben Sie gut gemacht.« Zu seinem Kollegen gewandt sagte er: »Ich werde mich mal ein bißchen umsehen.«

»Ich glaube nicht, daß hier noch jemand ist«, sagte Wetzon.

»Okay Miss, aber ich werde mich trotzdem ein bißchen umschauen, und während ich das tue, können Sie ja meinem Partner hier, Officer Hecht, erklären, was hier vor sich gegangen ist.«

»Erzählen Sie uns erst mal, wer er ist und wer Sie sind«, sagte Hecht, der seinen Notizblock gezückt hatte.

»Ich ...«

Ein Scheppern kündigte die Sanitäter an. Die beiden, ein Mann und eine Frau, waren – zumindest vorerst – ihre Rettung. Sie hörte, wie Officer Roge ihnen Anweisungen gab. Sie arbeiteten schnell und effizient, zertrennten Keegens blutgetränktes Paul Stuart-Hemd, begutachteten die Verletzung, maßen Puls- und Herzschlag, stabilisierten ihn mit einer Flüssigkeit aus einen Tropf und redeten ununterbrochen beruhigend auf ihn ein. Er gab keinen Mucks von sich. Die Frau sprach in ein Funksprechgerät und gab jemandem an Ende der Leitung die Daten durch, Atmung, Herzschlag und Blutdruck.

»Wie heißen Sie?«

Keegens Lider zitterten.

»Sein Name ist Tom Keegen«, sagte Wetzon.

»Mr. Keegen, wir werden Sie jetzt auf diese Trage legen, Ihnen ein paar Infusionen durch den Tropf geben und Sie dann ins Krankenhaus bringen.«

Keegen antwortete nicht.

»Wir brauchen Ihre Aussage«, erklärte Hecht Wetzon.

»Verdammte Scheiße!« Officer Roges Stimme kam vom anderen Ende der Halle. »Ich brauche jemanden, der mir hilft.«

Hecht machte sich auf den Weg, und Wetzon heftete sich an seine Fersen. Als die Bahre an ihr vorbeirollte, streifte etwas ihre Finger.

Keegen umklammerte ihre Hand mit eisernem Griff und krächzte mit rauher Stimme: »Verlaß mich nicht.«

»Sie können mitkommen, Mrs. Keegen«, sagte die Sanitäterin.

Ihr Kollege kam zurück. »Gehen wir.«

»Brauchen wir noch eine Trage?« fragte die Frau.

Ihr Kollege stieß ein kehliges Geräusch aus. »Nee. Tot wie 'ne Makrele.«

Wetzon versuchte, ihre Hand aus Keegens Griff zu befreien, aber er ließ nicht locker. Von wem redeten sie? »Die tote Person ... war das ein Mann oder eine Frau?«

»He!« Officer Hecht holte sie ein, als sie gerade den Ausgang erreicht hatten. »Wohin geht sie?«

»Mr. Keegen möchte, daß seine Frau ihn begleitet«, sagte die Sanitäterin.

»Wohin bringen Sie ihn?«

»NYU Downtown Hospital.«

»Okay«, sagte Hecht zu Wetzon. »Ich melde mich nachher noch mal bei Ihnen.«

Sie machte einen zweiten Anlauf. »Die tote Person ...?!«

»Los, auf geht's«, sagte der Sanitäter, als sich die Fahrstuhltüren öffneten.

Wetzon zog noch einmal, um ihre Hand freizubekommen. Umsonst. »Warten Sie bitte. Officer Hecht, rufen Sie Lieutenant Silvestri von der Kripo an. Sagen Sie ihm, daß Leslie ihn dringend braucht.«

Aber Hecht war schon verschwunden, und Wetzon hatte keine Ahnung, ob er es gehört hatte. Lieber Gott, dachte sie. Hatte Smith Darlene umgebracht? Wenn es Darlene war. Bei Tom Keegen arbeiteten zwei Angestellte, die vorher bei Smith und Wetzon gewesen waren: Darlene Ford und Harold Alpert. Eine Situation, die Smith nicht ertragen konnte. Ihre Gedanken drehten sich im Kreis, während sie von einer Seite des Wagens auf die andere geschleudert wurde. Und was war, wenn Smith selber tot dalag wie eine Makrele? Als könnte er ihre Gedanken lesen, zerrte Keegen an ihrer Hand.

»Er kriegt einen Anfall«, schrie die Sanitäterin. »Halten Sie Abstand. In Ordnung, alles wird gut«, versicherte sie dem wie betäubt daliegenden Keegen.

Keegen lockerte seinen Griff, und Wetzon, die ihre stark schmerzende Hand hielt, machte, daß sie von der Trage wegkam. Mit einem Mal bemerkte sie, daß sie erbärmlich fror. Der Wagen war ein Eisschrank, und sie hatte keine Jacke mehr.

Die Notaufnahme vom Lenox Hill Hospital bei sich um die Ecke kannte Wetzon zur Genüge. Doch das NYU Downtown Hospital hatte sie noch nie von innen gesehen. Sie hätte nicht einmal gewußt, daß es hier an der William Street lag. Vielleicht war es das alte Beekman Downtown Hospital, das mit dem University Hospital zusammenge-

schlossen und umbenannt worden war. Heutzutage fusio-
nierten Krankenhäuser ebenso schnell wie Brokerfirmen
und Verlage.

Keegen wurde aus dem Ambulanzwagen gehoben
und durch eine Seitentür in das Krankenhaus gebracht,
vorbei an einem schmuddeligen Wartezimmer, das aus
allen Nähten platzte. Ein Krankenhausangestellter mit
einer Yarmulke auf dem Kopf übernahm Keegen sofort
und erklärte Wetzon, sie solle nicht im Weg herumste-
hen.

Guter Tip, dachte sie. Vielleicht sollte sie aus dem Krankenhaus verschwinden und nach Hause gehen? Die Cops
wußten nicht, wer sie war. Sie könnte nach Hause gehen
und so tun, als wäre nichts passiert. Es sei denn natürlich,
Officer Hecht hätte sie gehört und Silvestri Bescheid gesagt. Am besten, sie suchte sich eine Telefonzelle und rief
Smith an. Sie hatte Wetzon und sich in diese Geschichte
hineingezogen und saß jetzt mit an Sicherheit grenzender
Wahrscheinlichkeit zu Hause ... wenn sie nicht die Makrele in dem anderen Büro war.

Wetzon bewegte sich auf eine Reihe Ruhesessel zu, von
denen die meisten besetzt waren, und überlegte, was sie als
nächstes tun sollte.

»Miss« Jemand berührte ihren Arm, und es dämmerte
ihr, daß die Anwesenheit des Mannes, der da neben ihr saß,
nichts Gutes versprach. Sicherheitsdienst. Sein Namensschild sagte: Marlin Laich. »Der Doc möchte mit Ihnen
sprechen. Da drüben.« Er hielt sich so nahe, als wollte er
sie beschützen ... oder wollte er sie vielleicht am Weglaufen

hindern? An Keegens Bett hielten sie an. Keegen war an ein halbes Dutzend Maschinen angeschlossen, die tuteten und piepten, was das Zeug hielt.

»Ich bin Doktor Lachsroth«, erklärte der Arzt. Er und sein Assistent waren mit Keegen beschäftigt, der immer mehr wie eine Leiche aussah. »Sind Sie die Ehefrau? Können Sie mir erzählen, was passiert ist?«

»Nein, ich bin ...«

Der Leiche entfuhr ein dumpfes Grollen, und die Ärzte blickten entgeistert zu ihrem Patienten. Keegens Grollen stieg eine Oktave höher und verzerrte sich zu einem dünnen und schaurigen Gelächter.

»Keine Aufregung, Mr. Keegen. Sie sind in der Downtown Notaufnahme. Sie haben eine Menge Blut verloren. Wir werden eine Bluttransfusion vornehmen. Können Sie uns sagen, was passiert ist?«

Keegen hob den Kopf und starrte zu Wetzon hinüber. Wenigstens würde sie jetzt ein Dankeschön dafür bekommen, daß sie sein mieses Leben gerettet hatte.

Er zeigte mit dem Finger auf sie. »Sie war es«, sagte er und plumpste auf das Bett zurück.

»Du undankbarer Drecksack.« Wetzon drehte sich angewidert ab. Wenn das seine letzten Worte waren, dann gute Nacht. Schwamm drüber, sie würde jetzt nach Hause gehen – aber nicht ohne ihre Jacke, ob sie nun ruiniert war oder nicht. Wo zum Teufel steckte sie?

Marlin Laich vom Sicherheitsdienst rückte ihr auf die Pelle. »Falls Sie eine Waffe haben, Miss, wäre es besser, wenn Sie mir die jetzt geben würden.«

»Ich *habe* keine Waffe«, knurrte sie zwischen zusammengebissenen Zähnen. »Und ich habe ihn auch nicht erschossen.« Obwohl sie mit einem Mal spürte, wie eine unbestreitbare Dankbarkeit gegenüber der Person in ihr aufstieg, die es getan hatte.

»Setzen Sie sich jetzt mal in ...« Laichs Worte wurden von einem plötzlichen Tumult abgerissen. Laute Rufe, schreiende Leute. »Gehen Sie bitte aus dem Weg, aus dem Weg, bitte.« Die Unmittelbarkeit von körperlichem Schmerz erfüllte die Notaufnahme.

Zwei Rettungssanitäter rollten einen weiteren Patienten in den Raum und noch einen, sie spritzten irgendwelche lebenswichtigen Flüssigkeiten, und in all der Enge und Aufregung stieß Wetzon mit dem Rücken an eine Krankenschwester, die sie noch nicht gesehen hatte, und deren Namensschild sie als Lila Karausche, Oberschwester, auswies. Wetzon entschuldigte sich und stellte sich genau einer der Tragen, die auf sie zurollten, in den Weg.

»Sie sollten lieber ins Wartezimmer gehen, Miss«, sagte Schwester Karausche, die offensichtlich annahm, sie sei eine Angehörige. »Wir rufen Sie dann.«

»In Ordnung«, sagte Wetzon. Sie öffnete die Tür und tauchte in das Wartezimmer ein, mitten hinein in eine heulende Kinderschar und eine Ansammlung blutüberströmter Gestalten. Tu so, als müßtest du eine rauchen, redete sie sich zu. Geh einfach nach draußen, als ob du dir eine anzünden wolltest.

Es war so einfach. Die Sonne blendete. Sie beschattete ihre Augen.

»Da hast du dich ja wieder in einen schönen Schlamassel reingeritten.«

Ein kurzer Seitenblick. »Silvestri.« Das Sonnenlicht umflutete ihn mit einem hellen Schein. Sie hätte ihn gerne geküßt, aber da war ja noch Officer Hecht, der genau hinter ihm stand und sich die Augen aus dem Schädel glotzte.

»Wo ist Veeder?«

»Hat 'nen Fall in L. A.«

Komisch, sie hatte keinen Gedanken an Bill Veeder verloren, und das, obwohl er als ihr Lover an Silvestris Stelle getreten war. Außerdem war er Strafverteidiger. Der Fall in L. A. war besonders wichtig: Ein großer Hai aus der Filmszene war angeklagt, weil er seine Frau, als sie sich von ihm trennen wollte, abgeschlachtet hatte wie ein Tier. Bill war vor zwei Wochen zu dem Fall hinzugezogen worden. Bei dem Gedanken, daß er ausgerechnet diesen Mann verteidigte, wurde Wetzon übel. Die Sache hatte ihrer Beziehung, soweit es eine war, einen Dämpfer versetzt.

»Ja, das ist ein Fall für Veeder.« Silvestri drückte ihren Arm. »Ich übernehme, Hecht. Kümmern Sie sich mal um eine Aussage von dem Opfer, vorausgesetzt, er atmet noch.«

»Das tut er«, sagte Wetzon. »Aber da drin herrscht so ein Chaos, daß sie mich rausgeschickt haben.«

»Warum werde ich das Gefühl nicht los, daß du gerade gehen wolltest?«

Sie schaute hoch zu ihm. Seine Augen waren hinter der Sonnenbrille nicht zu erkennen. »Ich kann einfach nicht lügen.«

Erst als sie es sich an einem Tisch in einem nahegelegenen Coffee Shop gemütlich gemacht hatten, das schwarze Gebräu nebst Bagels vor ihnen stand und Silvestri seine Sonnenbrille abnahm, erzählte sie ihm von Smiths Anruf und Keegens Anschuldigung.

»An deiner Partnerin kann man sich die Zähne ausbeißen.«

»Kann? Dann ist Smith also nicht tot?« Aber wenn Smith nicht tot war, dann war es mehr als wahrscheinlich, daß Smith Keegen angeschossen hatte. Und wer auch immer in dem anderen Büro lag. Darlene.

»Warum sollte sie tot sein?«

»Sie haben eine Leiche in einem der Büros gefunden. Der Sanitäter hat gesagt, *tot wie eine Makrele*.«

Silvestri grinste, und seine grauen Augen spielten ins Türkis, eines der wenigen Zeichen, die seine Gefühle für sie verrieten. »Das hat er gesagt, weil es wirklich eine Makrele war.«

»Aber klar doch, sehr witzig.« Mit einem Mal fühlte sie sich ausgehungert; sie brach den Bagel in vier gleich große Stücke und beschmierte jedes Viertel mit Streichkäse.

»Kein Witz, Les. Hecht hat erzählt, daß sie mit einer Harpune auf die Schreibtischplatte gespießt war, eine blonde Perücke aufhatte, und das Ganze höllisch gestunken hat.«

»Harpune? Blonde Perücke? Das kapier ich nicht. Warte mal.« Ihr Lachen nahm einen hysterischen Unterton an. »Darlene hat blonde Haare. Vielleicht hat die gute Fee sie in eine tote Makrele verzaubert.«

»Darlene?«

»Darlene Ford. Smith hat sie von Keegen weggelockt, aber sie hat uns hinters Licht geführt. Sie hat für Keegen spioniert, und als sie genug wußte, hat sie unsere Akten gestohlen und ist zu Keegen zurück.«

»Eure Geschäfte haben dadurch einen kleineren Einbruch erlitten, nehme ich an?«

»Willst du damit andeuten, wir hätten alle beide ein Motiv, Keegen eine Kugel in die Brust zu jagen?«

»Hast du Hecht erzählt, daß du Keegens Angetraute bist?«

»Das haben sie angenommen, weil er nach meiner Hand gegrapscht und mich angefleht hat, daß ich ihn nicht verlasse.« Sie sah Silvestri über den Tisch hinweg an. »Wie tief stecke ich in dem Schlamassel? Und was ist mit Smith? Und wo zum Teufel treibt man eine Harpune auf?«

»Das mit der Harpune weiß ich nicht. Was die Scheiße angeht, in der du steckst ... das hängt in erster Linie davon ab, wessen Fingerabdrücke sie auf der Pistole finden.«

»Pistole? Welche Pistole? Ihr habt eine Pistole gefunden?«

»Eine süße 22er mit silbernem Griff. Lag unter Keegens Schreibtisch. Hübsche kleine Waffe, paßt in jedes Handtäschchen.«

»Verdammt.« Das schimmernde Etwas unter dem Schreibtisch. Geschäftsleute und Börsenmakler auf dem Weg nach oben – die Cowboys der Wall Street – waren geradezu vernarrt in solche Knarren. Smith hatte sich auch so ein Ding gekauft, einen klitzekleinen Revolver, den sie bequem in ihrer Handtasche verstauen konnte, mit der sie abends ausging. Während eines Dinners zugunsten der amerikanischen Krebshilfe, zu dem Sanford (»Sandy«) Weill, einer der Drahtzieher an der Wall Street, eingeladen hatte, hatte sie ihre Judith-Lieber-Handtasche aufspringen und die völlig entsetzte Wetzon einen Blick darauf werfen lassen. Und jetzt stand Wetzon die ganze Wahrheit auf dem Gesicht geschrieben, und Silvestri brauchte sie einfach nur abzulesen. »Aber es ist ja niemand gestorben, Silvestri«, protestierte sie schwach.

»Ich finde, wir sollten Lady Xenia einen Besuch abstatten, aber bevor wir das tun, Mrs. Keegen, sollten wir uns nach dem Befinden Ihres werten Gatten erkundigen, der ja, wenn ich mich nicht irre, angeschossen worden ist. Gehen wir?«

Sie waren kaum aufgestanden, als Silvestris Pieper anging. Er blickte auf die Telefonnummer. »Bin gleich wieder zurück. Wo ist Ihr Telefon?« fragte er die Frau an der Kasse.

Sie zeigte nach hinten: »Bei den Toiletten.«

Was nun, dachte Wetzon. Das Koffein hatte ihre Kopfschmerzen nicht gerade gelindert. Selbst die Ruhesessel in der Notaufnahme erschienen ihr jetzt verlockend. Sie setzte sich an einen Tisch in der Nähe der Kasse und schloß ihre brennenden Augen. Smith ... Irwin Karpf ... Darlene ... Keegen. Es war ein bißchen wie dieses Idiotenspiel für Kinder, »wenn ihr die Punkte nach den Zahlen verbindet, entsteht ...« – entsteht ... Dollars ... Geld. Es geht immer

um Geld, murmelte sie vor sich hin. Das solltest du eigentlich endlich kapiert haben.

»Komm endlich, Les«, sagte Silvestri. Er kramte einen
Zehn-Dollar-Schein für die Kassiererin aus der Hosenta-
sche und hetzte mit Wetzon über die Straße zum Krankenhaus.

»Was ist los? Ist Keegen was passiert?«

Eine Mexikanerin mit schmalen Hüften und breiten
Schultern begrüßte Silvestri in der Notaufnahme. Sie boxte ihn freundschaftlich in den Oberarm, und er stellte sie
als Detective Sergeant Rosie Lamprete vor, vom Ersten
Revier. Sie nahm Silvestri an die Seite und flüsterte etwas in
sein Ohr. Silvestri bekam sofort einen Hustenanfall, dann
schauten sie beide zu Wetzon.

»Also gut, Ms. Wetzon«, sagte Rosie Lamprete, »Fahren wir zum Revier.«

Wetzon dachte, wenn Keegen stirbt, dann verarbeiten
sie mich zu einem Fischköder und spießen mich auf einen
Angelhaken. »Ist er tot?«

»Er wird gerade operiert. Ich habe gehört, er hat Sie beschuldigt. Sie sollen auf ihn geschossen haben?«

»Ich war's nicht, Detective. Ich besitze nicht einmal eine
Pistole. Silvestri, komm, sag's ihr. Du kennst mich besser
als jeder andere.« Sie streckte die Handflächen nach vorne.
»Hier. Testen Sie mich auf Rückstände.«

»Gehen wir«, sagte Lamprete. »Soll ich dich mitneh-
men, Silvestri?«

»Ich komme nach. Du gehst mit Rosie, Les.«

»Aber ...«

Silvestri legte die Hände auf ihre Schultern. Sie bebte, es verschlug ihr den Atem. »Dieses eine Mal solltest du auf mich hören, okay?« Seine stahlgrauen Augen blickten auf sie hinunter. »Nur dieses eine Mal.«

Bleich vor Wut wand sich Wetzon aus seinem Griff. »Du brauchst nicht nachzukommen. Tut mir leid, daß ich dich da überhaupt reingezogen habe.«

Lamprete hatte ihren Wagen, einen nicht gerade neuen, ausgesprochen schmutzigen schwarzen Ford, schräg an die Bordsteinkante geparkt. »Setzen Sie sich nach vorne«, sagte sie und warf eine Schachtel mit Krispy Kreme Doughnuts auf den Rücksitz. »Und anschnallen bitte.«

Niedergeschlagen stieß Leslie eine halbleere Tüte Tortillachips beiseite – geröstet, nicht fritiert – und schob sich auf den Vordersitz. »Brauche ich einen Anwalt?«

»Heißen Sie wirklich Leslie Wetzon?«

Wetzon traute ihren Ohren nicht. »Was ist das für eine Frage? Natürlich! Hat Ihnen Silvestri nicht gesagt, daß er mich kennt?«

»Kennen Sie Silvestri schon lange?« Lamprete beobachtete sie aus den Augenwinkeln, während sie durch die leeren, gekrümmten Straßen des Financial District steuerte.

Das ist ja ein Ding, dachte Wetzon, sie checkt mich ab.

»Sie haben meine Frage nicht beantwortet.«

»Sie können einen Anwalt rufen, wenn wir da sind, wenn Sie dann noch Lust dazu haben. Im übrigen haben Sie meine auch nicht beantwortet.«

»Ja. Die Antwort ist ja.«

»Sie brauchen mir nicht gleich den Kopf abzubeißen.«

Das Erste Revier entpuppte sich als ein düsterer grauer Steinbau am Ericsson Place gleich bei der Varick Street, und an diesem verkehrsarmen Samstagmorgen nur wenige Minuten von der schmalen Spitze Manhattans entfernt.

»Na kommen Sie schon.« Lamprete, die den Wagen in zweiter Reihe geparkt und die Schlüssel bereits eingesteckt hatte, stand ungeduldig auf dem Bürgersteig und wartete auf Wetzon, die zugegebenermaßen trödelte.

Früher, als sie noch in Musicals am Broadway getanzt hatte, war sie viel herumgezogen. Es hatte ihr damals überhaupt nichts ausgemacht, mal eine Nacht nicht zu schlafen und trotzdem leichtfüßig und auf Zehenspitzen durch eine Matinee oder Abendvorstellung zu trippeln und danach auch noch auf ein paar Bier auszugehen. Aber das war lange her. Im Moment spürte sie das Gewicht jedes einzelnen ihrer vierzig Jahre.

»Ich bin nicht mehr so jung, wie ich mal war«, brummte sie und folgte der vor Energie berstenden Lamprete die schäbigen Treppen hinauf, dorthin, wo die Detectives das Sagen hatten.

»Ms. Wetzon?« rief jemand hinter ihnen.

Wetzon hielt sich am Geländer fest und drehte sich dann zögernd um. Es war einer von Bill Veeders jungen und ehrgeizigen Kollegen, Ron Shildcroot, dem die Verwirrung ins Gesicht geschrieben stand. Woher wußte Bill, daß sie einen Anwalt brauchte? Silvestri! Es konnte nur Silvestri gewesen sein. Sie hatte ihn falsch eingeschätzt. Sie lächelte Shildcroot zu, der in seinem schwarzen Nadelstreifenanzug so anständig aussah wie der ideale Schwiegersohn, und wartete auf dem Treppenabsatz.

»Entschuldigen Sie«, sagte Shildcroot, »aber ich dachte, Sie wären ...«

Lamprete streifte Shildcroot mit einem verächtlichen Blick. »Anwalt.« Sie verzog die Oberlippe und öffnete eine Tür gegenüber der Treppe.

Die schrillen Schreie, die plötzlich an ihre Ohren drangen, überschlugen sich. Wütendes Gebrüll. Das Klirren von Metall auf Metall.

»Vielen Dank, daß Sie so schnell hier waren«, sagte Wetzon.

Der junge Anwalt blickte besorgt und veränderte diesen Gesichtsausdruck auch nicht, als der Lärm anschwoll. »Wie sind Sie da rausgekommen?«

»Detective Lamprete, das ist Ron Shildcroot, mein Anwalt ...« Sie folgte Detective Lamprete in das Irrenhaus. Was hatte er gesagt? Wie sie rausgekommen sei? Wo rausgekommen?

Shildcroot sagte: »Ich bin da, um Sie gegen Kaution rauszuholen.«

»Wetzon!« befahl eine Stimme, die von einem ohrenbetäubenden Schrammen von Metall gegen Metall begleitet wurde. »Laß mich hier raus!«

Wetzon schlug sich mit der Handfläche an die Stirn. »Smith.«

»Was meinen Sie damit, Sie wollen mich gegen Kaution rausholen?« fragte sie Shildcroot, aber ihr dämmerte langsam, was passiert war: die Art und Weise, wie Silvestri und

Lamprete sie angeguckt hatten, Lampretes Frage im Auto, ob sie wirklich Leslie Wetzon sei.

Shildcroot runzelte die Stirn. »Bill hat mich von der Westküste aus angerufen und mir aufgetragen, daß ich sofort hierherfahren soll. Ich verstehe das alles nicht.«

»Sie werden es gleich verstehen.« Wetzon nickte zu der Ausnüchterungszelle hinüber, wo eine ziemlich derangiert aussehende Version von Smith an den Stangen rüttelte. »Das da ist Xenia Smith, meine Geschäftspartnerin und Ihre Klientin. Sie hat meinen Namen benutzt, als man sie verhaftet hat.« Ganz offensichtlich hatte Smith keinerlei Skrupel gehabt, Bill Veeder zu einer Zeit anzurufen, als in L. A. gerade mal die Sonne aufging. Sie zeigte mit dem Finger auf Smith. »Hast du Bill erzählt, ich wäre festgenommen worden?«

»Steht nicht so dumm herum, ihr verschwendet nur Zeit«, schrie Smith und hämmerte gegen die Zellentür. »Laßt mich hier raus!«

Ein irgendwie ergriffener Shildcroot sagte: »Bitte beruhigen Sie sich, Ms. Smith. Ich bin Ihr Anwalt, Ron Shildcroot. Wer ist hier zuständig?«

»Sie sollten sich am besten mit mir unterhalten«, sagte Rosie Lamprete. Sie öffnete die Zelle und hielt die Tür auf, damit Smith herauskommen konnte.

»Wurde aber auch Zeit«, sagte Smith hochmütig. »Ich bin in meinem Leben noch nicht so grob behandelt worden. Sie können sicher sein, daß ich wegen brutaler Polizeimethoden Anzeige erstatten werde.« Sie schritt aus der Zelle wie eine Grande Dame, aber ihre Haare standen in alle Richtungen, ihr Gesicht war verschmiert und mehrere Laufmaschen zierten ihre Nylons. Außerdem fehlte an einem ihrer Schuhe der Absatz, und die Jacke ihres Armani-Anzugs hatte einen dramatischen Riß am Ärmel. »Wo ist hier die Damentoilette?«

Noch nie in all den Jahren, in denen sie Smith kannte, hatte Wetzon sie so gesehen. Sie sparte sich ihren Wutanfall für später auf und eilte zu ihrer Partnerin. Es sah aus wie Goofy, der Donald umschlungen hielt. »Um Gottes willen, Smith, war das die Polizei?«

»Sie lassen dieses Miststück raus?« kreischte eine Frauenstimme aus einer anderen Zelle im Hintergrund. »Und was ist mit mir? Wegen ihr verbringe ich meinen Geburtstag in diesem Loch. Sie hat die ganze Sache angezettelt.«

»Das ist durchaus möglich«, sagte Silvestri mit unterdrückter Stimme vom Eingang her. Er trug Wetzons Lederjacke über dem Arm. Wetzon warf ihm einen warnenden Blick zu. »Wer ist die Tussi?« flüsterte sie dann Smith ins Ohr.

»Darlene, diese verräterische, geldgeile Lügnerin. Ach ja, herzlichen Glückwunsch, Darlene. Würdest du nicht auch sofort sagen, daß ihr Sternzeichen Fische sein muß?«

Natürlich, das erklärte alles. Und Merkur war mit Sicherheit gerade rückläufig.

Wetzon fühlte sich mindestens so verloren wie Alice auf der Teeparty des verrückten Hutmachers – nur daß man ihr hier statt Tee Fischsuppe einflößte. »Ein Fisch? Darlene? Einen Moment mal, Smith. Du rufst mich mitten in der Nacht an und erzählst mir ...« Wetzon brach ab. Sie hatten schon genug Ärger, alle beide. Warum noch einen draufsetzen? »Was ist Darlenes Rolle in dem Ganzen?«

»Wenn ihr fertig seid mit eurem Weiberkram, würde ich gerne mal aufs Klo«, mischte sich eine Männerstimme aus einer anderen Zelle ein.

»Ach, und entlassen Sie auch diesen Mann«, befahl Smith. Die Wimperntusche hatte zwei dunkle Ringe unter ihre Augen gemalt. »Er gehört zu mir.«

»Und zwar in jeder Lage«, sagte Irwin Karpf mit genau der richtigen Portion Schlüpfrigkeit in der Stimme.

Wetzon stöhnte auf und wippte auf den Füßen.

Silvestri schaute zu Lamprete und verdrehte die Augen. Sie sagte: »Okay, dann mal los. Alle dürfen für kleine Jungs und Mädels, aber gefälligst immer schön einzeln, danach setzen wir uns alle zusammen und besprechen die Sache.« Sie zeigte Silvestri ein paar Akten. »Hier haben wir die Stellungnahmen von allen.«

»Die Sache? Um was geht es hier eigentlich?« zischte Wetzon Smith zu, als sie vor der Toilettentür darauf warteten, daß die zerzauste und am Boden zerstörte Darlene herauskam.

»Ich muß Ihnen raten, lieber nichts zu sagen, Ms. Smith«, sagte Shildcroot, der Anwalt.

Smith wischte die Bemerkung mit einer Handbewegung beiseite. »Darf ich dich daran erinnern, mein Zuckerstückchen«, sagte sie in einem Ton, der verriet, daß sie das, was folgte, für eine Binsenweisheit hielt, die jeder Idiot kannte, nur nicht Wetzon, »daß das Geheimnis des Erfolgs darin besteht, ihnen das Geld aus den Taschen zu ziehen und es selber einzustecken? Darum geht es bei dieser Sache.«

Detective Lamprete schob die immer noch verwirrte Darlene unsanft aus der Tür, und Smith war an der Reihe. Sie sah Shildcroot an und befahl: »Kommen Sie mit.«

Er lief rot an, und seine Ohrläppchen verfärbten sich in Richtung Purpur. »Aber das ist doch eine Damentoilette.«

»Ach du meine Güte, stellen Sie sich doch nicht so an«, sagte Smith, »tun Sie's einfach.«

Eingeschüchtert – wie man es von Smith eben war – ließ Shildcroot Wetzon mit Silvestri stehen und tapste hinter Smith in die Damentoilette.

»Als sie hergebracht wurde, hat sie erzählt, sie sei Leslie Wetzon.« Silvestri reichte ihr die Jacke.

»Das habe ich inzwischen auch mitgekriegt.« Sie untersuchte das Futter der Lederjacke. Ein paar eingetrocknete Blutspuren. Halb so schlimm. »Wo ist Karpf?«

»Bei den Fischtanks unten.«

»Du hältst das alles hier offenbar für eine Witzveranstaltung, Silvestri«, sagte Wetzon.

Er sah so aus, als wollte er die Hand nach ihr ausstrecken und sie berühren, aber er tat es nicht. »Nicht wirklich. Nicht, wenn jemand verletzt wird. Trotzdem, die Sache stinkt wie eine Ladung vergammelter Heringe.«

Silvestri hatte recht.

»Die beiden sehen aus, als hätten sie sich eine Schlägerei geliefert. Was ist passiert?«

»Sie haben sich wirklich geschlagen. Die Bedienung in der Cafeteria im Millennium Hilton hat die Polizei gerufen. Karpf und Xenia waren gerade am Frühstücken, als die andere – Darlene – schreiend in den Raum stürzt und ...«

Als Smith nach einem ausgedehnten Aufenthalt aus der Toilette kam, war sie wieder ganz ihr männerzerfleischendes Selbst (»die Barracuda« hatte Carlos sie genannt): schön, modisch und absolut beherrscht. Ihr Gesicht war sauber und strahlend. Eigentlich hatte sie nur ihre kurzen Locken befeuchtet und zu einer reizenden Frisur zurechtgezupft; sie hatte den Absatz des zweiten Schuhs abgebrochen und die zerrissene Strumpfhose und die Jacke einfach ausgezogen.

Es war zum Aus-der-Haut-Fahren. Wetzon kam sich vor wie eine Vogelscheuche.

Ron Shildcroot folgte ihr wie ein Hündchen und betete sie mit Blicken an. Smith klimperte mit den Augenlidern Silvestri zu und schob den Arm in seinen. »Ich bin wirklich glücklich, dich zu sehen, mein Süßer. Jetzt wird alles gut, das weiß ich.« Über ihre Schulter hinweg blinzelte sie Ron zu. »Habe ich Ihnen nicht gesagt, daß wir hier unsere Verbindungen haben?«

Wetzon schauderte. Silvestri warf Smith einen seiner versteinerten Blicke zu. »Hier hat keiner Verbindungen, auch du nicht, Xenia.«

»Da können Sie sicher sein«, sagte Lamprete und baute sich vor ihr auf. Sie hielt ein Telefon und einen kleinen Lautsprecher. »Verstehe ich das richtig? Sie haben einen falschen Namen angegeben, als man Sie hierher brachte, und Sie sind nicht Leslie Wetzon, sondern Zelda Smith?«

»Geben Sie darauf keine Antwort, Ms. Smith.«

»Ach, in Gottes Namen, ich heiße *Xenia* Smith. Und das Ganze ist ein lächerliches kleines Mißverständnis. Ich habe dem Officer nur gesagt, daß ich mit Leslie Wetzon sprechen möchte. Er war offensichtlich etwas durcheinander.«

»Offensichtlich«, sagte Silvestri und hielt ihnen die Tür auf.

Der Raum war vollgestopft mit Möbeln: Da stand ein Tisch mit einer zerkratzten Platte und daneben Stühle, auf denen Darlene und Irwin Karpf Platz genommen hatten. Darlene warf Karpf über den Tisch hinweg wütende Blicke zu. Officer Roge lehnte an der Tür eines Kühlschranks älteren Datums. Auf einer Anrichte standen eine Kaffeekanne, ein Viertelliter Milch und eine Schachtel Kleenex.

Smith schnappte sich sofort den leeren Stuhl neben Karpf, und Wetzon und Lamprete setzten sich auf die beiden Stühle, die übrigblieben. Silvestri blieb stehen. Shildcroot machte es ihm nach und positionierte sich direkt hinter Smith.

Es wurden Kaffee und Diet Coke herumgereicht, während Lamprete das Telefon und den Lautsprecher auf dem Tisch aufbaute.

»Wozu soll das gut sein?« fragte Karpf im Befehlston.

Lamprete nahm den Hörer in die Hand. »Sind Sie das, Hecht? Wie steht's? Nein, wirklich? Gut. Sie sind jetzt alle hier. Geben Sie mir bitte Mr. Keegen.«

»Keegen!« Karpf sprang auf, so gut dies in dem engen

Raum eben möglich war. Er konnte sich allerdings nur halb aufrichten. »Dieser verlogene Schleimbeutel ...«

»Setzen Sie sich, Mr. Karpf.« Lampretes stählerne Stimme schnitt ihm das Wort ab. Er setzte sich wieder.

»Das wollen wir doch mal sehen, wer hier der Schleimbeutel ist.« Keegens kriecherische Stimme klang zwar schwach, aber sie war durch den Lautsprecher deutlich zu vernehmen. »Herzlichen Glückwunsch zum Geburtstag, Darlene. Im Büro im Kühlschrank stehen ein Glas Kaviar und eine Flasche Sekt.«

Darlene würgte und fing an zu heulen. Lamprete schob ihr die Schachtel Kleenex über die Tischplatte, und sie zog gleich einen ganzen Haufen davon heraus und schniefte hinein.

»Ich bin Detective Lamprete, Mr. Keegen. Bei mir sitzen Darlene Ford, Irwin Karpf, Zelda Smith und Leslie Wetzon, dann der Rechtsanwalt von Ms. Smith und Ms. Wetzon, Ronald Shildcroot, und außerdem Lieutenant Silvestri und Officer Roge. Wir würden gerne ein klareres Bild davon bekommen, was Ihnen zugestoßen ist. Wie fühlen Sie sich?«

»Ich werd's überleben.«

»Okay, in der Notaufnahme haben Sie vor Zeugen ausgesagt, daß Ms. Wetzon auf Sie geschossen hat ...« begann Lamprete.

Wetzon sagte: »Ich habe nichts dergleichen getan. Ich habe diesem Ekelpaket das Leben gerettet. Wenn ich ihn nicht gefunden hätte, wäre er verblutet.«

»Das stimmt, Wetzon hat nicht auf mich geschossen«,

sagte Keegen. »In der Notaufnahme war so ein Durcheinander. Ich wußte nicht mehr, was ich sage.«

Ein Glück, dachte Wetzon. Keegen und Smith lasen vom selben Script.

»Wer hat dann auf Sie geschossen, Mr. Keegen? Und wenn wir schon dabei sind, erzählen Sie uns doch, wer die tote Makrele mit der blonden Perücke harpuniert hat, die wir auf Ms. Fords Arbeitsplatz gefunden haben.«

Irwin Karpf gluckste in sich hinein. »Ich übernehme die Verantwortung für die Harpune und die tote Makrele. Kein Problem. Aber mit irgendeiner Schießerei habe ich nichts am Hut.«

Smith strich über Karpfs Arm. »Wissen Sie, man hat Irwin ganz schön aufs Kreuz gelegt. Er hatte allen Grund wütend zu sein. Und, ich muß schon sagen, mein Zuckerstückchen«, zwitscherte sie Karpf überschwenglich zu, »du warst dabei einfach waaaaahnsinnig kreativ.«

Wetzon und Silvestri blickten sich an und zogen die Augenbrauen hoch. Irwin und Smith hätten ein Liebespaar sein können, unentwegt lächelten sie sich wie verzaubert an.

Lamprete seufzte. »Wem gehört die Pistole?«

»Sie ...« begann Darlene.

»Es ist mir egal, wem sie gehört, ich werde keine Anzeige erstatten ...« Keegen verstummte. »... außer natürlich, wenn Karpf vorhat, sich aus dem Staub zu machen.«

»Irgendwie werde ich das Gefühl nicht los«, sagte Lamprete, »als wäre ich gerade in einen riesigen Scheißhaufen hineingetreten. Was soll das heißen, er hat vor, ›sich aus dem Staub zu machen‹?«

Wetzon sagte: »Keegen bekommt am Ende des Monats einen dicken Batzen Geld ausgezahlt – aber nur, wenn Karpf bei der *First Buffalo* bleibt. Die wurden nämlich vor kurzem von seiner früheren Firma aufgekauft, von der *Providential*. Wenn Karpf kündigt, verliert Keegen den größten Teil seiner Vermittlungsgebühr.«

»Verraten Sie mir noch, von was für einer Summe hier die Rede ist?« fragte Lamprete.

»Fragen Sie lieber nicht«, sagte Silvestri.

»Sechzigtausend«, sagte Wetzon.

»Himmel, das ist ja mehr, als ich in einem ganzen Jahr verdiene«, sagte Lamprete.

»Ich habe Keegen und unserem Pausbäckchen Darlene hier sehr klar signalisiert, daß ich der große Fisch sein will, der in einem kleinen Fischteich auf Fang geht, und dieses Arschloch wußte genau, daß die *Prov* – der große Fischteich und meine alte Firma – mitten in Verhandlungen über den Kauf des kleinen Fischteichs steckte, und daß ich in Null-kommanichts wieder dort sein würde, wo ich angefangen habe, nur daß ich jetzt ziemlich belämmert aus der Wäsche schaue. Denn ich habe ja einen Vertrag mit dem kleinen Fischteich abgeschlossen, und in dem sitze ich nun fest.«

Smith lächelte ihm zu. »Nein, das tust du nicht, Irwin, Süßer. Dafür haben wir doch unsere Anwälte.«

»In diesem Falle könnte mir doch noch einfallen, wem die Waffe gehört«, sagte Keegen mit sehr dünner Stimme. »Und es könnte sein, daß ich nicht ...«

»Was zum Teufel geht hier vor?« fragte Lamprete ent-rüstet. »Das hier ist eine polizeiliche Untersuchung.«

»Dieser Meinung bin ich ganz und gar nicht, meine Liebe«, sagte Smith. »Was denken Sie, Keegen?«

»Einverstanden. Ich erwarte, daß Sie und Ihre Garnele von Partnerin mir heute abend einen kleinen Besuch abstatten, Schätzchen. Verstanden?« Er legte auf.

Smith erhob sich. »Gehen wir?«

»Setzen Sie sich wieder hin«, sagte Lamprete. »Da ist noch diese Sache mit der Schlägerei.«

»Pausbäckchen Darlene hat sich an uns rangeworfen und gebrüllt wie ein altes Fischweib«, sagte Irwin. »Sie war gar nicht zu bremsen.«

»Sie haben meinen Babies das Essen weggeschnappt«, heulte Darlene.

»Vietnamesische Hängebauchschweine sind keine Babies«, warf Smith selbstgefällig ein, »das sind ganz normale Nutztiere.«

»Das reicht jetzt.« Lamprete schlug mit der Hand auf den Tisch und stand auf. »Sie alle, raus hier.«

»Aber was ist mit dem Millennium Hilton?« fragte Wetzon.

»Sie werden keine Anzeige erstatten.«

»Lassen Sie uns gehen«, sagte Shildcroot, »bevor die Cops ihre Meinung ändern.«

»Herzlichen Glückwunsch, Darlene.« Wetzon winkte kurz zu Silvestri hinüber, folgte Smith nach draußen und hakte sich bei ihr unter. »Smith, eine Besprechung. Und zwar jetzt.«

»Gehen Sie schon mal voraus«, sagte Smith und scheuchte Shildcroot und Karpf mit einer kleinmädchenhaften Handbewegung beiseite. Ron schickte sie einen Handkuß hinüber. »Irwin, mein Süßer, vertrau mir. Ich ruf dich gleich morgen früh an.«

Auf der Straße legte sich Wetzon die Lederjacke über die Schultern und sagte: »Sehe ich das richtig? Wir machen ein Geschäft mit Keegen?«

»Mit diesem Schleimbeutel machen wir keine Geschäfte. Das haben wir gar nicht nötig.«

Wetzon fröstelte. »Hier in der Nähe ist das Walker's Pub. An der North Moore. Ich brauche ein Bier.« Sie fischte nach dem MontBlanc-Kugelschreiber in der Jakkentasche. Er war noch da. Sie nahm ihn heraus und gab ihn Smith, die ihn mit einer lässigen Geste in der Handtasche versenkte.

»Du wirst nie verstehen, wie dieses Spiel gespielt wird«, sagte Smith.

Als Wetzon nach ein paar großen Schluck *Beck's* ihr Gleichgewicht wiedergefunden hatte, sagte sie: »Du klingelst mich mitten in der Nacht aus dem Schlaf, erzählst mir was von einer Leiche und bettelst mich an, zu dir zu kommen. Kaum bin ich da, bist du weg, und ich sitze da in dem Schlamassel. Du bist eine miserable Freundin, ganz davon zu schweigen, was für eine Partnerin du bist. Und außerdem sah die Pistole ziemlich genauso aus wie die, die du mir auf dem Dinner für Sandy Weill gezeigt hast.«

Smith griff an die Stelle, wo ihr Herz lag. »Was ist denn los, mein Knuddelchen, du machst einen großen Fehler. Ich habe dich gar nicht angerufen. Wie könnte ich so etwas tun? Und was die Pistole betrifft, meine ist geklaut worden. Etwa um die Zeit herum, als Darlene uns verlassen hat. Kannst du dich etwa nicht mehr daran erinnern?«

»Nein, an so etwas kann ich mich wirklich nicht erinnern. Du hast die Pistole bei dir gehabt, als du bei Keegen aufgekreuzt bist, stimmt's? Sie werden deine Fingerabdrücke finden.«

»Oh nein, mein Herz, das werden sie nicht.«

»Und was hast du überhaupt bei Keegen gesucht?«

»Ich habe Hunger.« Smith gab der Bedienung ein Zeichen. »Ich nehme die Muscheln und noch ein Glas Sekt.«

»Ich nur die Muscheln«, sagte Wetzon. »Weiter, Smith. Du bist da gewesen, weil ...«

»Keegen hat angerufen und mir einen Waffenstillstand angeboten«, antwortete sie mit unschuldigen Kulleraugen.

»Aha, richtig. Mitten in der Nacht. Weißt du, Smith, ich finde, vielleicht ist es bald an der Zeit, daß du mich auszahlst.«

»Ach, in Ordnung«, erwiderte Smith gereizt. »Ich habe dich angerufen. Aber dann ist Irwin aufgetaucht, und wir haben uns zusammengetan. Das kannst du mir doch nicht vorwerfen. Wir kriegen eine riesige Vermittlungsgebühr.«

»Und deswegen ist es überhaupt kein Problem, wenn sie mich dafür einlochen.«

»Na ja. Es wäre doch fürs Geschäft alles andere als gut, wenn sie *mich* hinter Gitter stecken würden.«

»Gleich schreie ich ganz laut.«

»Ach, du meine Güte, du hättest doch den besten Anwalt gehabt.«

»Du gehst wirklich zu weit, Smith.«

Der Kellner stellte zwei Schüsseln mit Muscheln auf den Tisch, ein Schüsselchen für die Schalen und das Glas Sekt für Smith.

»Und außerdem ist er dein Lover, es würde dich also nicht mal etwas kosten.«

»Komm mir bloß nicht so, Smith.« Wetzon schlürfte das Bier und dachte angestrengt nach. »Irwin hat bestimmt auf Keegens Anglerfoto geballert, aber ich glaube nicht, daß er den Mumm hat, auf jemanden zu schießen. Und Darlene hat ganz bestimmt nicht ...«

»Darlene würde so etwas nie tun«, sagte Smith. Die Vorstellung schien sie sehr zu amüsieren. »Sie ist ein Fisch. Fische leiden. Sie leiden und leiden und schlagen nie zurück.«

»Wer hat dann auf Keegen geschossen?« Wetzon hob den Deckel von der Schüssel mit den Muscheln. Der Knoblauchgeruch war berauschend. Smith stieß einen zufriedenen Seufzer aus. »Vielleicht war es Keegen selber.«

»Warum sollte er so etwas tun?«

Smith lächelte ihr Chestershire-Katzenlächeln und trennte mit einem scharfen Schnitt eine Muschel von ihrer Schale. »Das, mein Herzblatt, bleibt ein Geheimnis.«

Aus dem Amerikanischen von Kirsten Twelbeck

Tatjana Kruse
Wie ich lernte, die Sterne zu hassen

Fisch, ASC Steinbock (w/37) sucht Luisa-Francia-An-
hängerInnen, um gemeinsam ihr Astrologiebuch *Die
Bärin im 11. Haus zu ergründen.*
Chiffre 131/777.

Ich bin ja nicht sooo der Fan von Kleinanzeigen, aber im
Alleingang herauszufinden, was »Absteigender Mondkno-
ten in der fünften Ebene« oder »Uranus in der Wurzel«
wohl bedeuten mochte, bot nicht den geringsten Spaßfak-
tor. Darum investierte ich – statt in drei Guiness bei Gerd,
meinem Stammkneipier – in eine Chiffre-Anzeige im
Stadtmagazin *Lift.*

*Die Fische sind das Sternzeichen der Mystik. Sie sehnen
sich nach einer anderen Wirklichkeit, nach etwas Transzen-
dentem. Die Realität ist ihnen dabei so ziemlich Banane.*

Lächerliche drei Zuschriften erreichten mich eineinhalb
Monate später. Eigentlich vier, aber die vierte war von einem Typ namens Dolf, der von sich selbst nur eine Han-
dy-Nummer auf der Rückseite der Polaroidaufnahme seiner »Kronjuwelen« preisgab. Hmpf.

Von den anderen drei Briefen stammten zwei von Frau-
en, die noch nie von Luisa Francia gehört hatten und eigentlich auch null Interesse an Astrologie besaßen, aber

sich w-a-h-n-s-i-n-n-i-g gern einfach mal mit mir austauschen wollten. Sonst noch was?

Als ich das Projekt schon als gescheitert betrachtete und meine Investition in den Wind geschrieben hatte, tat sich vor mir das gelobte Land auf.

> Hallo, ich heiße Sophie, bin 35 und ebenfalls Fisch (ASC Stier), wohne in der Augustenstraße und verschlinge Luisas Werke seit dem allerersten Buch. Habe sie letztes Jahr im Merlin live erlebt und bin total begeistert. Mit der *Bärin im 11. Haus* hatte ich allerdings auch so meine Probleme. Eigentlich habe ich ja nicht das Gefühl, daß irgendwelche im Weltraum treibenden Riesensteine eine nachhaltige Wirkung auf mein Alltagsgeschehen haben, aber ich lerne gern noch dazu. Wir wär's, sollen wir es gemeinsam angehen?
>
> Sternenreiche Grüße

Die Augustenstraße – gewissermaßen direkt um die Ecke. Ein gutes Omen!

Meine Begeisterung kannte keine Grenzen. Ich hämmerte ein Antwortschreiben in den PC (da brach sich der Aszendent in mir Bahn, Fische sind von Natur aus eher nicht entschlußfreudig) und schlug einen persönlichen Kennenlerntermin im *Bistro* des Stuttgarter Hauptbahnhofturms vor. Sollte sich Sophie als Zumutung erweisen, hätte ich als Trost wenigstens meinen heißgeliebten warmen Milchreis mit Zimt.

Die Fische-Frau ist der Archetyp des Weiblichen. Manche sind allerdings archetypischer als andere.

Unter Styling verstehe ich normalerweise, meine hundert Kilo statt in Leggings und T-Shirt in ein kaftanähnliches Gewand zu werfen und mir Ohrgehänge anzulegen, die bis auf die Schultern baumeln und meinen Ohrläppchen ein ordentliches Expandertraining verschaffen (weshalb meine Ohrläppchen auch der durchtrainierteste Teil meines göttlichen Venus-von-Willendorf-Körpers sind).

Beim Verlassen meiner 40-Quadratmeter-Zelle in einem anthroposophischen Wohnklotz in der Innenstadt lief ich Gernot über den Weg. Mein Nachbar war ein blonder, blauäugiger Knackpo Ende Zwanzig, dessen einziger körperlicher Mangel in einem diffus sich lichtenden Areal am Hinterkopf bestand. Als ich kurz nach seinem Einzug feststellte, daß er – oh Wunder über Wunder – auf ältere, füllige Frauen stand, dankte ich der Göttin auf Knien und entzündete eine rosa Freudenkerze. Mittlerweile hatte ich im furchtlosen Selbstversuch (mit Wiederholungsrunde, nur um sicherzugehen) herausgefunden, daß er trotz seines schicken Berufs als Kunstkritiker der größte Langweiler auf diesem schönen Planeten war – vertikal, horizontal und auch im Sitzen.

»Wohin des Weges, schöne Nachbarin?«

(Muß ich noch mehr sagen?) »Ich habe eine Verabredung.«

»Mit wem?« Gernot war ein Klammeraffe. Und mich betrachtete er als seinen Lieblingsbaum. Meine Großmutter hatte schon recht, wenn sie sagte, man solle nie dort scheißen, wo man wohnt.

»Gernot, das geht dich nichts an.«

Wenn er schmollte, sah er aus wie die junge Brigitte Bardot. Aber ich blieb beinhart. Noch ein Abend mit einem monotonen Monolog über die Moderne, und ich wäre reif für Harakiri.

»Sehen wir uns heute abend?«

Ich schüttelte den Kopf und trat in den Aufzug.

»Morgen?«

Die Türen schlossen sich knarzend.

»Am Wochenende?«

Der Fisch als solcher liefert sich nicht den Zwängen der Vernunft aus, sondern gibt sich absichtslos der Situation hin. Will sagen, er surft lustvoll-luschig auf der Welle seiner spontanen Eingebungen.

Auch ich, die ich es besser wissen müßte, stelle mir unter einer Fische-Frau erst einmal ein ätherisches Wesen mit zarten Meerjungfrau-Qualitäten vor. Dabei gibt es in den Weiten des Ozeans nicht nur zierliche Seepferdchen, sondern auch majestätische Wale. Und als Wal-Frau, die ich nun mal bin, konveniert mir die Gesellschaft von Winzfischen meistens nicht so sehr, habe ich doch immer Angst, das arme Fischlein durch eine unbedachte Bewegung schnöde zu zerquetschen.

Deswegen war ich hocherfreut, als die einzige Frau mit unserem konspirativen Erkennungszeichen, einem *Lift-*

Heft unterm Arm, mindestens so groß und fast so breit war wie ich (auch wenn es sich bei ihr um Muskelfleisch handelte). Außerdem saß sie am besten Tisch – dem mit dem sagenhaften Ausblick auf die Kaufrauschmeile von Benztown-City.

»Hai, du mußt Sophie sein.«

Auch zwischen Frauen kann es »Klick« machen. Du merkst plötzlich, daß du es mit einer Seelenverwandten zu tun hast. Gut, Sophie war glücklich verheiratet und arbeitete stundenweise als Aerobic-Trainerin in einem Fitneß-club, wogegen ich überzeugte Single-Frau war und jede Form von Sport für den dämlichsten aller Zeitvertreibe für denkende Zweibeiner hielt, aber wir waren dennoch aus demselben edlen Tropenholz geschnitzt, wenn Sie verstehen, was ich meine.

Draußen wurde es schon langsam dunkel, und über leckerem Milchreis (beziehungsweise Salat ohne Dressing für Sophie) waren wir mittlerweile zu dem Thema gelangt, das uns eigentlich zusammengebracht hatte: die Astrologie.

»Das Horoskop ist eine Landkarte, in der Kräfte und Kraftorte, Verbündete und Reiseproviant eingetragen sind. Du hast dir mit der Konstellation der Sterne quasi ein Zeichen zur Erinnerung gesetzt, als du dich auf dieser Erde verkörpern wolltest.«

»Wow«, meinte ich, »hast du das auswendig gelernt?«

Sophie nickte. »Steht gleich am Anfang von Luisas Buch. Dann hat sie mich abgehängt.«

»Ich bin auch nicht weitergekommen als bis zu der Aussage, daß die Astrologie eine Hilfskonstruktion ist, die uns das Gefühl geben soll, daß die Kräfte im Universum ordentlich und berechenbar sind.« Ich kratzte die Reste aus meinem übergroßen Milchreisnapf. »Ordnung und Berechenbarkeit sind genau mein Ding. Deswegen sehe ich mir auch nur Häppi-End-Filme an und lese am liebsten Agatha-Christie-Krimis.«

Sophie klatschte sich mit der flachen Hand auf ihren rechten, in schwarzes Leder gehüllten Oberschenkel. »Das glaub ich einfach nicht, ich *auch*!«

Der Kellner warf uns unter gepiercten Waigel-Brauen einen bösen Blick zu. Eine Ledermutti und ein Giganto-kaftan in seinem Yuppie-Bistro waren ja schon schlimm genug, aber wenn die dann noch anfingen, Lärm zu machen, hörte sein Wohlwollen schlagartig auf.

»Ist eigentlich untypisch«, sinnierte ich. »Fische sind ja angeblich eher esoterisch angehaucht und sollen nicht so auf Mord und Totschlag stehen.«

»Das halte ich für ein übles Vorurteil.« Sophie winkte mit ihrer Milchkaffeetasse in Richtung Theke. »Dasselbe noch mal«, grölte sie ungeniert und hielt zwei Finger hoch. Die gepiercte Braue preßte die Lippen zusammen.

»Meiner Meinung nach sollten alle Ermittler im Stern-zeichen Fisch geboren sein«, fuhr Sophie fort. »Fische sind nämlich viel einfühlsamer als die anderen Zeichen. Fast empathisch. Das wäre doch bei der Verbrechensaufklärung ein ungeheurer Vorteil.«

So hatte ich das noch nie betrachtet.

»Zum Beispiel da drüben ...« flüsterte Sophie und beugte sich in meine Richtung über den Tisch. »Nein, sieh jetzt nicht hin!«

Natürlich sah ich hin. Hinter mir, am Ecktisch an der Heizung, saßen zwei ungeheuer aufgebrezelte Chanel-Kostüme und ein hinreißend schöner Armani-Zweireiher, in dem ein Wesley-Snipes-Verschnitt mit einem Hauch Will Smith steckte. Ich glaube, mir quollen die Augäpfel hervor, und ich begann zu hecheln.

Die Braue knallte uns den Milchkaffee auf den Tisch. Das brachte mich zurück in die Realität.

»Ja, und?« fragte ich an Sophie gewandt.

»Ich sage dir, da geht was Unseriöses vor sich.« Plötzlich krallte sie sich mit der Linken in meinen Unterarm und zeigte mit der Rechten hinter mich. »Da!«

Doch bevor ich mich umdrehen konnte, war Sophie schon aufgesprungen (was ihren Stuhl äußerst lautstark gegen die Glasfassade schleuderte) und ins Treppenhaus geeilt. Prompt baute sich die Braue vor mir auf und zischelte: »So geht das aber nicht. Ich muß doch sehr bitten.«

Ich löhnte – trinkgeldlos – für zwei Milchreis, einen Salat, ein Wasser und vier Milchkaffee und begab mich, die Souveräne mimend, unter den blasierten Blicken der anwesenden schwäbischen Schickeria (und einer bezopften Öko-Touristin mit Blümchenrucksack, die sich ganz offensichtlich verirrt hatte) zum Aufzug.

Besagter Aufzug spuckte mich kurz darauf acht Stockwerke tiefer auf der Hauptbahnhofsebene aus. Sophie war nirgends zu sehen. Ich tauchte, zugegebenermaßen leicht durcheinander ob dieses Sitcom-artigen Verlaufs unserer ersten Begegnung, im Gewimmel der Reisenden unter.

Die Fische-Frau hat eine sensationelle Begabung, in gar greuliche Schwierigkeiten zu geraten und darin wie in Treibsand zu versinken.

Das Telefon klingelte kurz vor Mitternacht.

Ich hatte mittlerweile meine Verwirrung weggeduscht, zu meinem Entsetzen festgestellt, daß mir drei borstige Haare am Kinn wuchsen (was mich, wenn sie sich in Gold verwandeln sollten, als des Teufels Großmutter ausweisen würde), Gernot hinter verschlossener Wohnungstür nachdrücklich erklärt, daß ich ihn in diesem Leben nicht mehr wiedersehen wollte, und mir in meinen Lieblingspyjama gehüllt Luisas Buch zur Brust genommen. Offenbar mußte ich die Feinheiten der Sterndeuterei doch allein erforschen.

Da klingelte das Telefon.

»Ich habe sie bis zu einer Villa am Killesberg verfolgt.«

»Was?« Eben noch in den unendlichen Weiten des Universums, jetzt in Stuttgarts teurer Höhenwohnlage. Der Fall war tief.

»Sophie? Bist du das?«

»Sie haben ihn entführt!«

In der Fensterscheibe spiegelte sich mein Gesicht. Es wirkte dümmlich.

»Hörst du? Du mußt sofort herkommen! Haltestelle Doggenburg!«

»Sophie, ich liege schon im Bett.« Eigentlich saß ich ja in meinem knallroten Lieblingssessel, aber die Botschaft war dieselbe: Hier brachte mich so schnell nichts weg. »Was faselst du denn da von Entführung?«

»Der schnuckelige Schwarze aus dem Café. Die Rothaarige hatte eine Wumme unter ihrem Hermès-Schal versteckt. Jetzt sind sie hier in einer Villa.«

»Eine Wumme? Sprichst du etwa von einer Pistole? Dann vergeude dein Kleingeld nicht an mich. Ruf die Polizei an.«

Sophie schnaubte in den Hörer. »Ach, als ob die mir glauben würden. Die klingeln höchstens und fragen den Butler, ob sie das gekidnappte Opfer sprechen dürfen. Der wird indigniert die Tür schließen, und das war's dann. Also, kommst du jetzt und hilfst mir, oder was?«

Ich schlüpfte in Jeans und Pulli und erwischte gerade noch den letzten Bus der Linie 43 in Richtung Killesberg.

Es genügt nicht, eine Fische-Frau gut zu behandeln, man muß sie auf Händen tragen. Pech ist es, wenn man dabei eine Fische-Frau im Blauwal-Format erwischt ...

Besonders fit war ich im Bus nicht mehr gewesen, sonst hätte ich die Haltestelle Doggenburg nicht verpaßt und mitten in finsterster Nacht mutterseelenallein durch mir fremdes Terrain marschieren müssen. Und das heutzutage, wo jeder schwäbische Häuslesbesitzer erst schießt und dann fragt, was man zu nachtschlafender Zeit in seinem

Viertel treibt. (Nein, von Viertele spricht man in diesem
Falle nicht ...)

»Wo warst du nur so lange?« hatte es da plötzlich hinter
mir aus der Buchsbaumhecke gezischelt, als ich in die
Schottstraße eingebogen war. Ich wäre schiergar infarktet.

Mein Ende war es dann doch nicht gewesen, Unkraut
vergeht schließlich nicht. Aber mit dem Adrenalingehalt in
meinem Blut hätte man noch Stunden später die gesamte
Bundesliga eine Woche lang auf Hochtouren bringen können.

Das war vor zwei Stunden gewesen. Mittlerweile saßen
wir auf der Couch in Sophies Wohnzimmer, aßen die Reste
eines drögen Marmorkuchens und lauschten den Götter-
gattenschnarchern, die aus dem angrenzenden Schlafzimmer drangen. Es war drei Uhr früh.

Zwischen zwei Bissen machte Sophie mich schlau. Sie
erzählte mir von dem hellblauen BMW, den sie mit einem
Taxi bis zum Killesberg verfolgen konnte, und von der
verglasten Villa im Bauhausstil, in die der schnuckelige
Schwarze von den beiden Chanel-Kostümen verfrachtet
worden war.

Bis ich dann eintrudelte, lag die Villa, an deren Pforte
ein Messingschild mit der Aufschrift WALLA BACHHAUS,
GALERISTIN prangte, bereits im Dunkeln. Und ich hatte
mich strikt geweigert, ein widerrechtliches Betreten auch
nur ansatzweise ins Auge zu fassen. Also waren wir per
pedes zum Hauptbahnhofparkhaus gestiefelt und dann in
Sophies Ente zu ihr nach Hause gefahren.

»Und wenn du dich auf den Kopf stellst, ich werde

Gernot nicht darum bitten!« wiederholte ich nur zur Sicherheit. »Das ist doch alles Irrsinn! Hast du keinen Plan B?«

Sophie hackte mit ihrer Gabel wütend auf den Kuchen ein. »Ja, verstehst du denn nicht, wie ernst die Lage ist? Es geht darum, ein Menschenleben zu retten!«

»Ich bitte dich, vielleicht hat dich die Sonne geblendet, und das war gar keine Waffe unter dem Schal, sondern ein Was-weiß-ich. Möglicherweise frönen sie gerade einem flottem Dreier. Oder noch besser – sie genießen etwas, was ich nicht habe: Schlaf!«

Das kommt davon, wenn man sich mit Leuten trifft, die man per Kleinanzeige kennengelernt hat, dachte ich, und mümmelte den letzten sandigen Bissen.

»Ich hatte Blickkontakt, bevor er in den BMW einstieg, und glaube mir, dieser Blick schrie eindeutig nach Hilfe!«

»Vielleicht fühlte er sich überfordert, weil er seine Viagra-Notration nicht dabeihatte.«

Sophie langte in ihre Lederhose. »Und was sagst du hierzu? Ja, schau es dir nur an, da fällt dir nix mehr ein, was?«

Sie hielt mir ein Streichholzheftchen entgegen. Mari-max Hotel, Stuttgart stand darauf zu lesen. Dazu fiel mir wirklich nichts ein. »Ja, und?«

»Das habe ich an der Stelle gefunden, wo der BMW stand«, meinte Sophie triumphierend. »Er hat es fallen lassen. Es ist ein Zeichen!«

»Das lag da vielleicht schon seit der letzten Völkerwanderung.«

»Unsinn, es war trocken. Und am Nachmittag hat es noch geregnet wie blöd.«

»Ich frage Gernot trotzdem nicht.«

Seit ich in einem Anfall von schlafentzuginduzierter Umnachtung ausgeplaudert hatte, daß ein leibhaftiger Kunstkritiker neben mir wohnte, bestand Sophies Plan darin, ihn über diese Galeristin auszuhorchen. Ihn vielleicht sogar in ihre Galerie zu schicken, um sich umzuhören. Aber da machte ich nicht mit. Ich konnte mir sehr gut vorstellen, was Gernot im Gegenzug für diese kleine Gefälligkeit von mir erwartete. Nein, danke!

»Und wenn du dich auf den Kopf stellst – Gernot bleibt außen vor!«

Der Fisch tritt nicht wirklich in Beziehung zu anderen Menschen, er braucht sie nur als Statisten für seine Großinszenierung mit dem Titel »Das Leben«.

»Das ist Ozomatli, der Affe. Unser schönstes Stück. Natürlich ein Original«, flötete Walla Bachhaus, diesmal vom runzligen Hals bis zu den italienischen Pumps in den Farbton Kamel gehüllt.

»Natürlich«, flöteten Gernot und ich unisono zurück.

Gernot hatte seine Bezahlung bereits am Vorabend eingefordert. Es war mein schlimmster Alptraum: abtanzen in der Oldie-Nacht der Diskothek *Perkins Park*. Außer uns hatten sich nur klapprige Senioren auf der Tanzfläche getummelt, deshalb legte der DJ ausschließlich langsame Rhythmen auf. Und mit langsam meine ich, daß selbst eine

sedierte Weinbergschnecke flotter abgehottet hätte. Gernot tanzte nicht, er lehnte sich einfach gegen meinen üppigen Vorbau und schnaufte. In den Tanzpausen füllte ich
Gernot dermaßen mit Wodka-Lemon ab, daß er schon
sanft schlummerte, als er seinen Futon gerade mal mit dem
linken Knöchel berührt hatte. Am nächsten Morgen erzählte ich ihm, wir hätten die heißeste Nummer seit Erfin-
dung des Beischlafs geschoben, und beseelt lächelnd
begleitete er mich in die *Galerie Bachhaus*. Über die Inha-
berin hatte er nämlich nichts zu vermelden gehabt: sie verkaufe südamerikanische Plastiken, weder sein Fachgebiet
noch sein Liebhaberinteresse.

Als Walla mich mit meinem hawaiianisch-buntgemu-
sterten Blümchenkaftan und den hochtoupierten Ringel-
löckchen erblickte, stockte ihr der Atem – nicht, weil sie
mich wiedererkannt hätte, sondern weil sie befürchtete,
ich könnte potentielle Kunden vergraulen. Aber als sie sah,
daß es sich bei meinem Begleiter um Gernot Krummhaar
handelte, der auf Seite 80 in *Stuttgarter Promis* sogar mit
Bild als der führende Kunstkritiker Baden-Württembergs
vorgestellt worden war, schmolzen ihre Stirnfalten mit
Warpfaktor 10.

»Herr Krummhaar, was für eine Ehre«, hatte sie gesäu-
selt und besitzergreifend ihre kamelbeigelackierten Klauen
in seinen Ellbogen versenkt.

In der nachfolgenden halben Stunde erläuterte sie ihm
in dem Glauben, er wolle einen Artikel über ihre diversen
südamerikanischen Plastiken verfassen, sämtliche Exponat-
te ihrer momentanen Maya-Astrokalenderausstellung bis

ins kleinste Detail – beispielsweise das Azatl, das entfernt einem Reh ähnelte und unter einer Stoffbahne mit der Aufschrift *Westen* zu finden war. Ich stand wie ein Wurmfortsatz daneben, ließ mich ignorieren und überlegte derweil, ob eine Frau wie Walla Bachhaus zu Kidnapping fähig war. Nie und nimmer, lautete mein abschließendes Urteil, viel zu langweilig und oberflächlich, und außerdem könnte ihr dabei ein Nagel abbrechen. Das Aufregendste, was diese Frau erlebte, waren unter Garantie ihre jährlichen Geschäftsreisen nach Mexiko oder Kolumbien, mit Zwischenstopp in Paris, wo sie ihre Haute-Couture-Garderobe auffrischte (zweifellos bezahlt von ihrem vermögenden Gatten oder ihrem reichen Herrn Papa). Mir entschlüpfte ein Gähner. Ein Wurmfortsatz hat nicht zu gähnen, wie mich der tadelnde Blick von Frau Bachhaus umgehend belehrte.

»Vielleicht wollen Sie ein andermal wiederkommen«, nölte sie in Richtung Gernot, wobei ihr Blick immer noch auf mir ruhte, »wenn Sie sich etwas mehr Zeit für die präkolumbische Astrologie nehmen können.«

Fische haben oft eine solche Fülle von Begabungen und Talenten, daß sie ganz zweifelsohne zu den gesegnetsten aller Menschen gehören. Komisch eigentlich, daß sie dennoch häufig im Leben versagen.

Gernot mußte zu einer Ausstellungseröffnung in die Staatsgalerie, deshalb eilte ich frohlockend, weil gernotlos, nach Hause. Mittlerweile war ich seiner liebeskranken

Klammerversuche so überdrüssig, daß er mir fast schon wieder leid tat. Fast.

Im Briefkasten befand sich außer dem *Amtsblatt* und der Telekom-Rechnung nur ein anonymer Umschlag. Ich bin ein Gleichgucker, also riß ich den Umschlag im Fahrstuhl auf. Die Notiz darin stammte von Sophie. »Bin gespannt wie ein Flitzebogen. Was hast du in Erfahrung gebracht? Ich warte auf dich im *Punktum*. Komm sofort!«

Sophie saß vor einer großen Apfelschorle auf der Terrasse des *Punktum*, zwischen einem bebrillten Schlipsträger, von dem ich erst dachte, er hielte ein Handy an sein Ohr, der aber bei näherem Hinsehen doch nur den Schmalz herauspulte, und einer grauhaarigen Frau im hautengen Spaghettiträgerkleid, die so richtig hormocentasexy aussah.

»Hai, Sophie.« Ich ließ mich schwer auf einen der weißen Plastikstühle fallen.

»Und?«

»Nix und. Absoluter Fehlschuß. Die Frau ist so harmlos wie meine Wellensittiche.«

»Hast du vorgestern nicht erzählt, einer deiner Federträger hätte dir ein pfenniggroßes Stück Fleisch aus der Hand gerissen?«

Ich würdigte sie mit dem Blick, den sie verdiente, dann stand ich auf und holte mir – da Selbstbedienung – eine große Cola von der Theke.

Als ich zurückkam, starrte Sophie völlig versunken auf das Streichholzheftchen. »Offenbar müssen wir stärkere Geschütze auffahren«, sinnierte sie.

Ich setzte mich. »Wie meinen?«

»Wenn du und dein Gernot trotz optimaler Umstände nicht in der Lage seid, Informationen aus einer Verdächtigen zu quetschen, dann müssen wir zu anderen Mitteln greifen.«

Ich saugte geräuschvoll an meinem Strohhalm. »Was für Mittel denn?«

»Wir begeben uns ins Marimax!«

Ich verschluckte mich. »Du hast sie ja nicht alle, was sollen wir denn in dieser Luxusabsteige?« röchelte ich. »Uns nach einem unbekannten Schwarzen erkundigen? Und ob der Portier uns freundlicherweise seine Zimmernummer nennen würde?«

»Das braucht er nicht«, lächelte Sophie und klappte das Heftchen auf. Die Zahl 321 blinkte mir förmlich entgegen.

Ich, in meinem Hawaii-Kaftan, sah aus wie ein Hotelgast, der sich auf dem Weg zum Pool verlaufen hat. Und Sophie machte mit ihrer Nikon um den Hals hinter mir auf Paparazza. Wir marschierten schnurstracks zu den Aufzügen, wobei das ängstliche Klappern meiner Knie nur ganz dumpf zu hören war, stiegen ein und drückten auf den Knopf für den dritten Stock.

»Was ist, wenn sich in Zimmer 321 jemand aufhält?« erkundigte ich mich flüsternd. Wäre ja möglich, daß der Aufzug verwanzt war.

»Dann sagen wir eben, wir hätten uns in der Zimmernummer geirrt«, blökte Sophie zurück.

Wir traten auf den Flur und versanken in knöcheltiefem

Teppichboden. Sehr exklusiv. Zimmer 321 lag zur Linken, und durch die Glaswand neben der Tür hatte man einen hübschen Blick auf den Hoppenlau-Friedhof.

»Klopf an«, befahl Sophie.

»Ohne mich!«

»Memme!« Sophie ließ ihre Fingerknöchel auf die dunkelgestrichene Tür sausen – die darob lautlos aufglitt.

Wir sahen uns an.

Dann blickten wir in Zimmer 321.

Was uns entgegenblickte, war das totale Chaos. Entweder lebte hier der unordentlichste Schlamper des gesamten Erdballs (und da hatte er in mir eine saftige Konkurrenz), oder jemand hatte das Zimmer durchwühlt.

In diesem Moment brach ich in Panik aus.

Fische haben etwas an sich, das andere Menschen zum Widerspruch reizt. Aber Vorsicht: Fische beißen am liebsten ungefragt!

»Ogottogottogott ...« wisperte ich, die ich normalerweise nicht so leicht zu erschüttern bin, aber all dieses Gerede von Mafiamachenschaften zeigte allmählich Wirkung. »Was sollen wir nur tun?«

»Wir sehen uns natürlich um«, entgegnete die Ruhe in Person namens Sophie.

Ich sperrte mich. »Kommt überhaupt nicht in Frage. Laß uns bloß von hier verschwinden.«

»Nix, ich muß mal.« Und schwupp schlüpfte Sophie ins Zimmer.

»Das wagst du nicht!« raunzte ich und versuchte, sie an ihrer Lederweste zu packen. Allerdings transpirierte ich ob all der Aufregung ein klein wenig, und so rutschten meine Finger ab.

»Würde es dich umbringen, einmal das zu tun, was ich dir sage?« grölte ich ihr hinterher.

»Nein, aber warum ein Risiko eingehen?« schallte es hinter verschlossener Badezimmertür.

Nolens volens folgte ich ihr ins Zimmer und schob die Tür mit meiner Hüfte zu. Nur keine Fingerabdrücke.

Nummer 321 mochte ja mal eine schmucke Bleibe gewesen sein, aber damit war es nun vorbei. Die grüne Couch war zerlegt, die ebenfalls grünen Samtvorhänge heruntergerissen, die beigefarbenen Lampenschirme unchirurgisch von den Halterungen getrennt und in alle vier Ecken verstreut, ebenso wie diverse Kleidungsstücke und der gesamte Minibarinhalt. Aber kein Hinweis auf den Zimmerbewohner – kein Ausweis, keine Papiere, nur ein Flakon *CK One* unter dem Sekretär.

Ich hörte die Spülung der Toilette.

»Ha! Ein Hinweis!« Sophie stürmte aus dem Bad.

Ich zuckte zusammen. Lag etwa die Leiche des Zimmerkellners blutüberströmt in der Wanne? Aber hätte Sophie dann in aller Seelenruhe die große Apfelschorle rausgepinkelt?

»Was?« entrang es sich meiner zugeschnürten Kehle.

»Das Entführungsopfer war hier.« Sophie hob mit der Linken eine große Glasschüssel mit Aberdutzenden *Marimax*-Streichholzheftchen hoch. In der Rechten schwenkte

sie ihr sogenanntes Beweisstück A vom Bahnhofspark-
platz. »Ist das jetzt rattenscharf oder was?!«

Der Fisch in mir hätte nur leise gewimmert, aber mein
Aszendent brach sich mit Urgewalt Bahn.

»Sophie, verdammt!« herrschte ich sie an. »Jetzt hab
ich's endgültig satt! Du hast dir offensichtlich einen James-
Bond-Streifen zuviel reingezogen! Wir verschwinden von
hier, aber pronto. Hier liegt wirklich was im argen, und da
will ich nicht mit hineingezogen werden!«

Wenn sich eine Hundert-Kilo-Frau genervtötet vor einem aufplustert, fallen rüde Entgegnungen schwer. Also
warf Sophie ihr Streichholzheftchen A zu den anderen,
knallte die Glasschüssel auf den umgekippten Fernsehapparat und rauschte aus dem Zimmer und zum Aufzug wie
eine Leitsau zum Futternapf. Ich zottelte hinterher.

Die Fische-Frau besitzt eine enorme instinktive Klugheit.
Sie verleiht dem geflügelten Wort »Ich hab's dir doch gleich
gesagt« eine völlig neue Dimension.

Sophie fuhr mit der S-Bahn nach Hause, ich ging die paar
Meter bis zu mir zu Fuß. Der Weg war nicht lang genug,
um mir über die Ereignisse der letzten 48 Stunden eine
Meinung zu bilden. Alles, was ich mir jetzt noch wünschte, war ein heißes Bad und Ruhe, viel Ruhe. Doch als ich
zu Hause ankam, sah ich das Gebäude vor lauter Polizei,
Feuerwehr und gaffendem Menschenauflauf nicht.

»Was ist denn hier los?« fragte ich ein Männchen in
Grün.

»Weitergehen«, blökte er, »hier gibt es nichts zu sehen.«

»Ich wohne hier aber«, empörte ich mich.

»Das ist sie«, rief plötzlich von schräg-rechts-vorn Frau Meisenberger aus dem ersten Stock mit geifernder Stimme und zeigte mit dem Finger auf mich. Ein bulliger Mann in Zivil, der ein bißchen so aussah wie der Gilb aus der Waschmittelwerbung, nickte dem Polizisten vor mir zu, der mich daraufhin in Richtung Eingang schob.

Als ich näherkam, wich Frau Meisenberger ein paar Schritte zurück. Fehlte nur noch, daß sie eine Knoblauch-zehe hochhielt und das Kreuzzeichen in die Luft malte. Was war hier nur los?

Der bullige Gilb legte seine Hand auf meinen Rücken und führte mich zum Aufzug.

Mir fielen spontan ein paar alte, längst verjährte Jugend-sünden ein. Und natürlich das Hotelzimmer von eben, aber so schnell war die Stuttgarter Polizei doch mit Sicherheit nicht, oder? Außerdem war es Sophies Idee gewesen, ich war allen-falls Erfüllungsgehilfin. Und überhaupt, was war strafbar dar-an, ein ohnehin offenstehendes Hotelzimmer zu betreten?

Mir wurde warm unter dem Kaftan.

»Es hat einen Unfall gegeben«, brachte mir der Bullige mit schonender Stimme bei.

»Einer meiner Wellensittiche? Tot?« Ich erbleichte.

Der Bullige sah mich an, als wäre bei mir nicht nur *eine* Schraube locker. »Nein, Ihr Lebensgefährte. Er … er hat sich offenbar vom Balkon gestürzt.«

Ich seufzte erleichtert auf, was mir einen weiteren zwangsjackenverheißenden Blick bescherte.

»Isch 'abe gar keinen Lebensgefährten«, erklärte ich fröhlich wie der Mann aus der Kaffeewerbung.

Während die Aufzugstür aufglitt, warf der Bullige einen Blick in sein Notizbuch. »Da haben uns Ihre Nachbarn aber etwas anderes erzählt.«

Vielen Dank auch, ich würde mal ein ernstes Wörtchen mit der Meisenberger wechseln müssen.

»Gernot Krummhaar, Apartment 22«, fuhr der Bullige fort.

»Gernot soll sich von seinem Balkon gestürzt haben? Nie und nimmer!«

»Nicht von seinem, von *Ihrem*!«

In meiner beengten Klause herrschte Durchzug: Wohnungstür und Balkontür sperrangelweit offen. Kurz fürchtete ich um meine gefiederten Freiflieger, aber die hatten sich vor lauter Schiß vollzählig in die hinterste Ecke des Käfigs verdrückt und gaben keinen Pieps von sich.

Der angegilbte Bullige, er hieß übrigens Hans-Gerd Baitz, führte mich zu meinem knallroten Lieblingssessel, als sei ich eine gebrechliche, schlaganfallgefährdete End-achtzigerin, deren dritter Ehemann soeben verblichen war.

»Hören Sie«, wehrte ich mich, »Gernot und ich sind nur gute Freunde. Und außerdem war er noch vor wenigen Stunden bester Laune. Überhaupt, er hat gar keinen Schlüssel zu meiner Wohnung. Und eigentlich müßte er doch noch auf dieser Verni-dingsda sein ...« Ich verhaspelte mich.

»Offenbar hat er Ihre Wohnungstür gewaltsam geöffnet«, erläuterte mir Herr Baitz in schönster Baritonstimme. »Wir gehen davon aus, daß er geistig verwirrt war. Vielleicht ein Eifersuchtsanfall? Als man ihn fand, stammelte er übrigens etwas von einem Kamel.«

Ich seufzte auf. »Dann ist er also nicht tot?«

»Bei einem Sturz aus dem zweiten Stock?« Baitz schüttelte den Kopf. »Schwere Gehirnerschütterung. Ist momentan nicht ansprechbar.«

»Und was war das mit dem Kamel?« hakte ich nach.

Baitz konsultierte neuerlich sein Notizbuch. »*Das Kamel. Es war das Kamel* – soll Herr Krummhaar dem Notarzt noch entgegengemurmelt haben.«

Erst jetzt fiel mir auf, daß die in meiner Wohnung übliche Unordnung eine neue Dimension angenommen hatte: auch meine Habseligkeiten waren von fremder Hand ruchlos durchwühlt worden!

Und Kamele hatte ich an diesem Tag erst eines getroffen ...

Die Fische-Frau hat viel von einer Hexe an sich. Ob sie Gutes oder Böses tut, hängt davon ab, wie heftig man sie triezt.

Kaum hatten mich Baitz und seine Mannen verlassen, schlüpfte ich in meine obligatorischen Bequem-Leggings mit Big-Shirt und beorderte Sophie per Telefon zu mir. Für jemanden, den ich kaum kannte, nahm sie bereits ziemlich viel Platz in meinem Leben ein.

Als ich gerade vor dem Haus im Großcontainer den Müll entsorgte, der bei der Wohnungsdurchsuchung angefallen war – diverse Glas- und Keramikscherben, die nunmehr zerborstene Pappmachéfigur einer prallen Bikinischönheit und ein toter Kaktus –, fuhren Sophie und Mann im Wagen vor. Ihr Gatte, von dem ich bislang nur die nächtlichen Schnarcher kannte, erwies sich als hagerer Schlaks mit Bifokalbrille und Strickweste. Nun, über Geschmäcker läßt sich streiten.

Oben in meiner Wohnung bot ich Sophie Tee und – aufgrund akuter Leere in meinem Kühlschrank – ein paar Feigen an, die so alt waren, daß ägyptische Hieroglyphen die Verpackung zierten (wahrscheinlich ein Pharaonenfluch). Dann erzählte ich ihr mit vollem Mund alles haarklein.

»Das ist kein Zufall«, schloß ich meine Erörterung. »Walla Bachhaus denkt offenbar, daß wir etwas besitzen, was sie haben will. Und als sie es im Zimmer des Schwarzen nicht gefunden hat, erinnerte sie sich plötzlich, wo sie mich und meinen Kaftan schon mal gesehen hat. Voilà!« Ich schnippte mit den Fingern.

»Und woher wußte sie, wo du wohnst?« erkundigte sich Sophie mißtrauisch.

»Denk doch mal mit!« Als Lehrerin wäre ich völlig ungeeignet – null Geduld mit Langsamkapierern. »In der Galerie hat mich Gernot ihr vorgestellt, und ich stehe im Telefonbuch. Nichts einfacher als das.«

Sophie nickte bedächtig. »Dann ist das der Beweis, das fehlende Glied in der Kette. Wir stecken mitten in einer ganz üblen Sache. Hast du der Polizei davon erzählt?«

Tja, also, auf den Gedanken war ich noch gar nicht gekommen. »Wir haben doch nichts Greifbares«, ging ich folglich in die Defensive. »Die halten mich für verrückt und sperren mich in die Klapse.«

»Ja«, gab Sophie mir ausnahmsweise recht. »Besonders überzeugend ist unsere Story nicht.«

In diesem Augenblick klingelte das Telefon.

Es war Walla Bachhaus.

Fische haben Aufregung und Abenteuer so nötig wie ein Supermodel einen Eiterpickel auf der Nase.

»Sie waren doch so sehr an der Maya-Kultur interessiert«, flötete Walla Bachhaus, »und da ich heute abend im kleinen Kreis einen Vortrag über die präkolumbische Astrologie halte, würde ich mich besonders freuen, wenn Sie mein Gast sein könnten. Ganz zwanglos, versteht sich.«

Ich hatte auf Lauthören gedrückt, und Sophie nickte so heftig, daß sich ein Schuppenschneesturm in ihre Teetasse ergoß..

»Es wird uns eine besondere Ehre sein«, schmalzte ich zurück.

»Wunderbar! Also um acht in meiner Galerie. Ich freue mich.«

Ich legte den Hörer vorsichtig auf die Gabel.

»Du weißt ja wohl, was das bedeutet«, erklärte Sophie mit sonorer Stimme.

»Eine Falle!« Ich nickte wissend.

Sophie schüttelte den Kopf. »Um zwanzig Uhr wird die Bachhaus in ihrer Galerie sein. Das heißt, wir schleichen uns in ihre Villa und befreien den Entführten!«

Der Fisch mit seiner so reichen, überquellenden und gren-
zenlosen Phantasie läuft oft verbittert gegen die normalen
Begrenzungen durch Zeit und Raum an.

Es goß wie aus Kübeln, es war trotz der relativ frühen
Stunde schon nachtschwarz, und ich fror wie eine Schnei-
derin in meinen schwarzen Leinenhosen und dem schwarzen Langarm-T-Shirt, beides knalleng, da von Sophie ge-
liehen. Ich besitze nämlich nichts Schwarzes. Schwarz ist
für mich keine Farbe, sondern eine Geisteshaltung – eine,
die ich nach meiner existenzialistischen Pubertät abgelegt
habe.

»Was, wenn die hier ein ausgeklügeltes Alarmsystem
hat?« flüsterte ich und wischte mir die Schlammspritzer
von den Hosenbeinen.

»Hat sie nicht«, brummte Sophie und bohrte mit ihrer
Nagelfeile weiter im verrosteten Schloß der Außenkeller-
tür.

»Woher willst du das wissen?«

»Weil sonst schon längst die Polizei da wäre, und jetzt
Maul, sonst Beule. Ich muß mich konzentrieren.«

Ich schmollte und dachte darüber nach, was uns zu-
sammengeführt hatte: die Astrologie. Wir gehörten beide
zu den Fische-Geborenen, aber während ich ein einhun-
dert-Kilo-knuddelsüß-naiver Goldfisch war, schlummerte
in Sophie ein gnadenloser Haifisch, der keine Angst kannte. Auf diesen Unterschied sollten die Tageshorrorskope
endlich mal eingehen.

Knirsch, machte es da plötzlich. Quietschend ging die

Tür auf und gab uns den Blick auf einen feuchtmodrigen Kellerraum frei. Und mitten in diesem Kellerraum, auf einem wackligen Thonet-Imitat, saß der Schwarze aus dem Café, gefesselt und geknebelt.

Für die Fische ist alles relativ. Das kann eine Gabe sein, weil es zu Toleranz führt, aber in Wirklichkeit ist es nur eine Ausrede für übergroße Laxheit.

»Das ging viel zu einfach«, jammerte ich, eingequetscht auf dem Rücksitz von Sophies Ente. »Irgendwas ist da faul!«

Die Ente schleppte sich schwerfällig die Lenzhalde hoch. Wir wollten über die Kräherwaldstraße in den Westen und in die Sicherheit von Sophies Wohnung düsen, aber drei Schwergewichte waren dann doch zuviel für das gute alte Stück. Es ächzte und stöhnte, und hupend überholten uns ein Manta, ein Smart und sogar der Bus der Linie 43.

Sophie starrte verbissen geradeaus, und Rüdiger, knackbraunes Produkt eines texanischen US-Soldaten und einer Schwäbisch-Haller Friseuse, schluchzte geräuschvoll und tränenreich auf dem Beifahrersitz. Seit wir ihn befreit hatten, ging das nun schon so. Eine ganze Packung Softies lag bereits durchgerotzt auf dem Boden. Das und die Tatsache, daß er sich über die durch die lange Fesselung entstandenen Knitterfalten in seinem Armani-Anzug beschwert hatte, den man nur von links und auf Stufe eins nachbügeln durfte, brachten mich allmählich zu der Erkenntnis, daß ich als Lohn der guten Tat kein fröhliches Gerangel zwischen Bettlaken erwarten durfte. Eher schon den Austausch leckerer Rezepte. Was, bei näherem Nachdenken, auch nicht das Schlechteste war.

»Könntet ihr beide mal aufhören?« beschwerte sich Sophie.

Mittlerweile bretterten wir die Rotenwaldstraße hinunter. Ich fragte mich, ob die Bremsen des alten Vehikels für rund 300 Kilo Lebendgewicht plus Auto ausreichten, oder ob ich mein Dasein als Fettklecks an der Außenmauer der Szenekneipe *Rat-Rat* beenden würde.

Sophie teilte meine Befürchtungen offenbar nicht. »Also, Rüdiger, worum geht es bei der ganzen Sache?« fragte sie nüchtern.

»Das kann ich nicht sagen. Ich bin Ihnen sehr dankbar, aber lassen Sie mich einfach am Rotebühlplatz aussteigen. Ich will Sie beide da nicht mit hineinziehen.«

»Nicht mit hineinziehen?« grölte ich von hinten. »Wir stecken schon bis zum Hals mit drin. Und mein Freund wäre wegen dieser Sache beinahe ermordet worden!«

Letzteres rief eine neuerliche Schluchzattacke bei Rüdiger hervor. »Oh Gott, das wollte ich nicht.«

»Es geht um Kokain, nicht wahr?« Sophie klang ganz beiläufig. Ich schnappte nach Luft. Rüdiger sagte nichts, aber sein Schluchzen hörte auf.

»Das war mir ziemlich früh klar«, fuhr Sophie fort, während wir an einer roten Ampel hielten. »Walla Bachhaus fährt regelmäßig nach Kolumbien und holt irgendwelche Artefakte ab. In denen selbstredend Kokain versteckt ist. Liegt doch auf der Hand.«

»Nein! Ist das wahr?« Meine vor Aufregung feuchte

Aussprache benetzte Rüdigers Nacken, und er hatte kein trockenes Softie zum Wegwischen mehr. Sein Pech.

»Haben Sie das Streichholzheftchen gefunden, das ich am Bahnhof fallen ließ?« fragte er.

Sophie grinste. »Natürlich. Mir war sofort klar, daß es sich dabei um ein Beweisstück handeln mußte!«

Ich räusperte mich. »Ein Beweisstück, das jetzt im *Marimax*-Hotel in einer Glasschüssel mit all seinen Brüdern und Schwestern liegt.«

»Verdammt!« fluchte Sophie. Diese Kleinigkeit war ihr augenscheinlich entfallen. Ich genoß meinen Scharfsinn. Aber nur kurz.

»Dann fahren wir jetzt zum *Marimax*«, erklärte Sophie.

Fischen wird gern vorgeworfen, unmoralisch zu sein, aber um unmoralisch zu sein, muß man Moralregeln brechen, und so etwas wie Moral ist dem Fisch als solchem fremd.

Der Portier erläuterte uns bedauernd, daß man Rüdigers Zimmer geräumt habe, nachdem er zwei Tage lang unabgemeldet gefehlt hatte. Außerdem habe man die Reparatur diverser Einrichtungsgegenstände auf die Rechnung gesetzt.

Rüdiger erklärte, daß er etwas unglaublich Kleines, aber Wichtiges im Zimmer vergessen hätte. »Das können Sie doch noch gar nicht wissen, Sie haben das von uns beiseite geräumte Gepäck ja noch nicht durchgesehen«, entgegnete der Empfangschef. Klugscheißer. Woraufhin ihm Sophie Rüdigers Platincard entgegenschleuderte und das Zimmer

für eine weitere Nacht buchte. Der Empfangschef sah uns
an, als planten wir drei – zwei eingeschlammte Wucht-
brummen mittleren Alters und ein unglaublich gutausse-
hender Endzwanziger im zerknitterten Designeranzug –
widernatürliche Akte in seinen geheiligten Hallen, aber
dann kam er wohl doch zu dem Schluß, daß der Gast Kö-
nig ist und schob uns den Schlüssel für Zimmer 321 zu.

»Was für ein unglaubliches Durchsetzungsvermögen«,
himmelte Rüdiger im Aufzug Sophie an. Sie winkte be-
schämt ab. Ich blickte pikiert. Bevor die Wellen dieses
Schlamassels über mir zusammengeschlagen waren, hatte
man auch mich für durchsetzungsfähig gehalten. Doch
diese Zeiten waren vorüber.

Die Tür zu Zimmer 321 stand schon wieder offen, was
eigentlich unseren gesunden Mißtrauensalarm zu wilden
Klingelorgien hätte verleiten sollen, es aber nicht tat. Rüdiger stürmte freudig erregt hinein, Sophie und ich folgten.

Natürlich blickten wir daraufhin mitten in die Mün-
dung von Walla Bachhausens Wumme.

Ein Fisch in einer Zwangslage ist unfähig, eine rasche Ent-
scheidung zu fällen. Irgendwo tief in seinem blubbernden
Inneren nimmt er einfach nichts so richtig ernst, darum
fragt er sich: Wozu diese unerquickliche Hektik?

»Wo ist er?« fragte sie.

»Wo ist wer?« wollte Sophie wissen.

»Und wer hält jetzt für Sie den Vortrag in der Galerie?«
erkundigte ich mich. Es sollte blanker Sarkasmus sein, wo

ich doch von Anfang an eine Falle gewittert hatte, aber Sophie und Rüdiger warfen mir düstere Blicke zu. Offenbar
waren die beiden jetzt endgültig überzeugt, es bei mir mit
einem Weichhirn zu tun zu haben.

»Ich will den Mikrofilm, und zwar sofort!« herrschte
Walla Bachhaus den armen Rüdiger an.

»Sie hat ihn!« rief er und schubste Sophie nach vorn.

»Er ist in der Streichholzheftchenschüssel«, brabbelte
Sophie, deren Gelassenheit nun doch langsam Risse zeigte,
vor allem, als das zweite Chanel-Kostüm aus dem Bahn-
hofscafé in der Badezimmertür auftauchte, diesmal mit on-
dulierten Haaren und in einem Frankonia-Dirndl-Ensem-
ble.

»Gitte, sieh nach«, befahl Walla Bachhaus, ohne den
Blick von uns dreien zu nehmen.

Gitte, ein schmächtig-zierliches Püppchen mit Kleider-
größe 34, hob die Schüssel an, ging in die Knie, schnaufte
und ließ das Teil mit ungewolltem Schmackes zu Boden
gehen. Die Schüssel blieb ganz, aber die eine Million
Streichholzheftchen purzelte fröhlich über den Teppich.

Hektische rote Flecken bildeten sich auf Gittes Wan-
gen.

Walla Bachhaus benahm sich daraufhin so, wie ich es erwartet hatte. Wir sahen uns offensichtlich denselben Müll
im Fernsehen an.

»Los, das Streichholzheftchen suchen«, herrschte sie
uns an und fuchtelte wild mit der Pistole. Im Nu knieten
wir vor ihr und wühlten in dem Heftchenberg.

»Nimm es bitte nicht persönlich«, wandte sich Sophie

an Rüdiger, »aber es wäre hilfreich, wenn du die Streichholzheftchen, die du durchsucht hast, nicht wieder auf den Haufen wirfst.«

Rüdiger murmelte Unverständliches. Auf seiner Stirn perlte ein Schweißtropfen.

»Was ist auf dem Film eigentlich drauf?« erkundigte ich mich. »Da Sie uns sowieso erschießen müssen, kann es ja nicht schaden, uns vorher noch aufzuklären.«

»Ich denke gar nicht daran«, lächelte Walla Bachhaus holde auf uns herab. »Weitersuchen und Klappe halten.«

»Fotos von dem Kokainschmuggel natürlich«, brummte Sophie. »Das habe ich doch schon gesagt!«

»Was für Kokain?« Walla Bachhaus klang ehrlich erstaunt.

»Ich bitte Sie«, Sophie setzte sich auf die Fersen. Ich rückte etwas von ihr ab. Falls Walla sie gleich erschoß, wollte ich nicht allzusehr in Blut getränkt werden.

»Die Galerie ist doch nur ein Vorwand für Sie, eine Fassade. In Wirklichkeit schmuggeln Sie Kokain!«

»Das nehmen Sie sofort zurück!« Walla brüllte wie eine Berserkerin.

Rüdiger, Sophie und ich wichen erblassend zurück. Selbst klein Gitti zuckte erschreckt zusammen.

»Ich bin Kunsthändlerin. Mein Spezialgebiet ist die präkolumbische Maya-Kultur. Mit Drogen habe ich nichts zu tun!«

Auch Walla hatte in erregtem Zustand eine feuchte Aussprache, aber diesmal ging der Spuckeregen in erster Linie auf Sophie nieder.

»Es geht nicht um Drogen«, meldete sich da Rüdiger zu Wort. Ihm war wohl klar, daß Walla bloßes Erschießen nicht mehr genügen würde, wenn wir ihr weiter die künstlerischen Ambitionen absprachen. Wir würden vorher auch noch qualvoll gefoltert.

»Es geht um Cipactli.«

Sophie und ich blickten dämlich aus unserer schlammverkrusteten Wäsche.

»Cipa-wen?« hakte ich nach.

»Das Krokodil, meine Liebe«, säuselte Walla. »Sie hätten in meiner Galerie besser aufpassen sollen.«

Fische neigen von Natur aus zum Mystizismus – ein anderes Wort für Blauäugigkeit.

»Cipactli ist eines der Zeichen der präkolumbischen Astrologie«, fuhr Rüdiger rasch fort. »Die Mayas besaßen ein Wahrsagejahr, das sie Tzolkin nannten. Es umfaßte 260 Tage. 13 Monate zu je 20 Tagen, denen bestimmte Zeichen zugeordnet wurden, beispielsweise der Geier, Cozcaquauthli, oder der Jaguar, Ozelotl.«

Meine Knie waren zwar gut gepolstert und der Teppichboden flauschig, aber einen stundenlangen Astrovortrag wollte ich in dieser Position nicht aussitzen.

»Wenn wir hier nicht von Kokainschmuggel reden, wovon reden wir dann? Und warum war es einen Mordversuch wert?« unterbrach ich Rüdigers Ausführungen.

»Suchen Sie gefälligst weiter!« befahl Walla und bohrte mir den Lauf ihrer Waffe ins rechte Ohr. Göttinseidank war das mein schlechtes, auf dem ich sowieso nicht gut hörte.

Ich wühlte hektisch im Streichholzheftchenberg.

Rüdiger schwafelte unterdes weiter. »Ich habe immer schon gern mit Ton gearbeitet, seit meiner Kindheit. Aber meine Mutter wollte unbedingt, daß ich was Richtiges studiere. Also bin ich Chemiker geworden.«

Ich nickte, was mit dem Pistolenlauf im Ohr keine leichte Übung war.

»Natürlich habe ich nebenher weiter modelliert, vor allem Tierfiguren. Aber letztes Jahr gelang mir dann der ganz große Wurf – eine Chemikalie, die eine zeitliche Zuordnung bei Tongegenständen so gut wie unmöglich macht. Man könnte damit jedes Alter fälschen. Als ich Walla kennenlernte, glaubte ich, sie sei als Galeristin an meinen bildhauerischen Arbeiten interessiert, aber ihr Interesse galt nur meiner neuen Formel.«

»Du redest zuviel!« bellte Walla, nahm aber die Pistole nicht aus meinem Ohr.

»Sie hat mich gezwungen, nach alten Maya-Vorlagen einen Fisch zu modellieren und ihn mit meiner Substanz zu behandeln. Sie wollte die Kunstwelt mit dem vermeintlichen Fund einer neuen, uralten Tzolkin-Skulptur in Aufregung versetzen. Sie wollte allen weismachen, daß das Krokodil im Maya-Kalender ursprünglich gar kein Krokodil, sondern ein Fisch gewesen sei. Meine Skulptur sollte das beweisen. Das wäre eine kunsthistorische Sensation gewesen. Das Medien- und Fachpublikumsinteresse hätte ihre Galerie weltweit bekannt gemacht. Ein großes US-

Museum hat letzte Woche, noch vor der offiziellen Veröf-
fentlichung und nur auf Hörensagen hin, für Wallas gesamte Figurensammlung eine zweistellige Millionensum-
me geboten!«

»Ich hab's satt, ständig meinen Vater um Almosen an-
zubetteln«, keifte Walla.

»Hoppla«, meldete sich da Sophie zu Wort. »Ich glaube,
ich habe den Mikrofilm gefunden.« Sie hielt ein Streichholzheftchen hoch, auf dessen Innenseite die 321 fluores-
zierte und hinter dessen Streichhölzern, vormals von uns
unbemerkt, ein winziges Negativ steckte.

Rüdiger schluckte. »Ich bin ein echter Künstler, kein
Kujau-Verschnitt. Jeden Arbeitsschritt an meiner Skulptur
habe ich fotografiert. Walla wäre damit erledigt ...«

»Na, dann ist jetzt die Zeit für den Showdown gekommen!« Walla nahm die Waffe aus meinem Ohr und zielte
auf Sophie.

»So long, Baby!«

Es machte nur ganz leise *plop*, und aus den Kissen auf
dem Sofa hinter Sophie flogen die Daunenfedern.

Sophie selbst hatte sich in Überlichtgeschwindigkeit
und somit noch rechtzeitig auf die Seite, will sagen: auf
Rüdiger, fallenlassen, der laut aufquietschte. Gitti torkelte
vor Schreck rückwärts ins Badezimmer. Ich saß da wie
Lots Weib.

In diesem Moment wurde die Zimmertür aufgerissen
und eine männlich-markige Baritonstimme dröhnte: »Polizei! Keine Bewegung!«

Fischfreier Epilog

Die gute Walla und ihre saftlose Assistentin Gitti wurden wegen Menschenraubs und Kunstschwindel verurteilt. Die Anklage wegen versuchten Totschlags wurde fallengelassen, als sich herausstellte, daß Gernot vor lauter Aufregung, weil er Walla beim Durchwühlen meiner Wohnung in flagranti ertappt hatte, über seine eigenen Füße gestolpert und vom Balkon gefallen war.

Gernot selbst begriff endlich, daß wir beide nicht füreinander bestimmt waren – und das in dem Augenblick, als er im Krankenhaus das Bewußtsein wiedererlangte und in das füllige Mondgesicht von Nachtschwester Gisela blickte. Es war wohl Liebe auf den ersten Blick. Irgendwie fuchste mich das dann doch.

Aber nur solange, bis Hans-Gerd Baitz, der Gilb mit der Polizeimarke, eines Samstags anrief und mich – plötzlich gar nicht mehr der selbstsichere Staatsdiener – auf eine Tasse Kaffee einlud. Nur soviel: Es sieht vielversprechend aus ...

Sophie und ich haben Luisas Buch immer noch nicht kapiert, ist aber auch egal: Die Sterne können uns mal. Derzeit besuchen wir an der Volkshochschule im Rotebühlbau den Kurs »Erkenne dich selbst in den Tarot-Karten«. Was soll ich sagen? Immer noch besser als Extremmakramé oder Kampftöpfern ...

Joseph von Westphalen
Stellenweise Bodennebel

Ich war mit gemischten Gefühlen nach Berlin gereist. Die Stadt mochte ich schon immer, aber seitdem sie nicht mehr geteilt und nun wieder Hauptstadt ist, wird so viel Aufhebens gemacht.

An einer Fernsehtalkshow sollte ich teilnehmen. Nach längerem Zögern hatte ich zugesagt. Zu Talkshows habe ich das übliche Verhältnis: Ich konsumiere und verabscheue sie gleichzeitig, das heißt, ich weide mich an ihrer Nichtigkeit und daran, daß mir die Nichtigkeit der Teilnehmer und des Mediums bestätigt wird. Macht man selbst mit, wird man nichtig. Das nimmt man in Kauf.

Nachdem ich einen ganzen Tag lang mit dem Abwägen zugebracht hatte, war ich nun bereit für die Paradoxie, bei einer Sache dabeizusein, die ich strenggenommen abscheulich fand. Es gab genug gute Gründe.

Erstens sollte man nicht zu streng mit sich selbst sein. Das ist so bußfertig. Zweitens kann eine Vermehrung der Popularität nicht schaden. In armen Ländern besteht der Überlebenskampf darin, sich um Brot und Wasser und ein paar warme Kleider zu bemühen. In den Luxusländern gibt es genug Brot und sogar Schokolade inklusive Zahnbürsten. Hier verschleißt man sich im Kampf um Aufmerksamkeit, die man zu brauchen glaubt, wenn man sonst alles hat. Drittens wollte ich mein Berlinbild überprüfen, ohne etwas dafür bezahlen zu müssen. Wie würde

der Potsdamer Platz auf mich wirken, von dessen neuen
Bauwerken alle raunten?

Diesen Punkt absolvierte ich sofort. Gleich vom Flug-
hafen aus fuhr ich in die Mitte der Stadt und holte mir zufrieden die Bestätigung meiner Ahnung: Der modernisti-
sche Gebäudekomplex inmitten einer immer noch riesigen
Bauwüste war noch abstoßender, als ich ihn mir vorgestellt
hatte. Man wird als Passant zu einer dieser von Architek-
ten skizzierten Figuren reduziert, die nur aus Gründen des
Größenvergleichs auf Plänen vor Hausfassaden herumste-
hen.

Es gab weitere Gründe, privatere. Anna. Die Frau mit
dem harmlosen, zeitlosen Namen. Ich hatte die Monate
ohne sie nicht mehr gezählt. Anna fehlte mir nach wie vor.
Sie lebt in Berlin. Ich fahre noch immer gern in ihre Nähe
und pflege meinen Kummer. Hier gibt es Spuren unserer
Liebe. Zumindest meiner Liebe. Was sie je für mich emp-
funden hat, weiß ich nicht.

Ich gehöre zu den Männern, die nicht wissen, was sie
tun sollen, wenn es aus ist mit der Liebschaft. Ich
brauchte Ratgeberinnen, als Schluß war mit Anna. Männern vertraue ich nicht. Katharina, eine alte Freundin,
hatte mir gesagt: Wenn du Anna noch immer liebst, dann
geh einfach hin zu ihr und sag ihr das. Das hatte ich getan. Gegen meine Überzeugung war ich auf Katharinas
Empfehlung hin, mit einem üppigen Strauß roter Rosen
in der Hand bei Anna erschienen. Der Türöffner summ-
te, und ich betrat die Wohnung. Annas Kinder, die nicht
von mir sind, spielten mit Hund und Katze und nahmen

mich nicht zur Kenntnis. Ich stand da wie ein Lieferant. Endlich kam Anna in den Flur. Ich hatte keine Chance, etwas zu sagen oder auch nur sie anzusehen und mich zu prüfen, ob ich sie noch liebte, denn sie schlug sofort mit ehrlichem Entsetzen und ohne eine Spur von künstlichem Pathos die Hände vors Gesicht und sagte nur: Nein!

Karin war eine andere Berliner Freundin. Sie hatte ich schon bei den ersten tückischen Abwehrreaktionen Annas ins Vertrauen gezogen. Zu einem Zeitpunkt, als Reparaturen noch erfolgreich waren, hatte Karin einen Satz ausgesprochen, den ich noch nie ausstehen konnte: Du hast sie verloren. Ich haßte sie für diese so endgültig klingende, arrogante Behauptung, die ich nicht glauben wollte: Du hast sie verloren. Ein verabscheuenswerter Satz.

Das alles war eine Weile her. Nun hatte mir Anna überraschenderweise eine Karte geschrieben. Der Jahrtausendwechsel hatte sie offenbar sentimental gemacht: Ich höre gar nichts von Dir. Eine schöne, prickelnde Zukunft wünscht Dir: Anna.

Ich neige dazu, karge Zeilen zu meinen Gunsten zu interpretieren und Botschaften hinein- oder herauszulesen wie: Komm zurück und verzeih mir, ich war fürchterlich. Ohne dich ist das Leben nicht auszuhalten, und so weiter. Ehe ich mir falsche Hoffnungen machte, wollte ich die Karte sicherheitshalber von der kritischen Karin und der arglosen Katharina gedeutet haben. Auch deswegen kam mir die Reise nach Berlin gelegen. Sie sollten mir raten. Ich war bereit zu neuen Fehlern.

Mit Anna war es auseinandergegangen, weil sie fand, ich passe nicht zu ihr. Die Empfindung ist legitim, nicht aber die Begründung: Ich als Löwe passe nicht zu ihr als Fisch, meinte sie.

Als sie mit diesem Unsinn anfing, hielt ich das zunächst für einen Scherz. Wir kannten uns seit drei Jahren und verstanden uns gut. Ich lachte nur. Aber sie meinte es ernst. Sie hatte angefangen, astrologische Bücher zu lesen, blätterte in Tabellen, besuchte Seminare. Sie erzählte mir, was es mit Löwen und Fischen und den anderen Tierkreiszeichen auf sich habe, was die Aszendenten für eine wichtige Rolle spielten. Sie redete von Aspekten und Quadraten und wollte wissen, in welcher Minute ich auf die Welt gekommen sei. Ich hörte nicht zu. Ich konnte nicht zuhören. Ich habe eine Sperre in meinem Kopf. Irrationalismus kommt da nicht durch. Von allen Dingen, für die ich kein Interesse habe, steht die Astrologie an erster Stelle. Sie langweilt mich tödlich. Astrologisches Raunen ist mir noch widerwärtiger als das affirmative Geschwärm vom Internet als dem Medium der Zukunft. Es beleidigte mich, daß Anna dem Unsinn aufsaß. Ich wollte es nicht wahrhaben, und keinesfalls wollte ich es ernst nehmen.

Obwohl ich oberflächliches Daher- und Dahingerede mag, weil es mich an absurde Theaterstücke erinnert und weil es immerhin ernsthafte Aussprachen verhindert, die ich vermeiden möchte, kann ich diese neckischen Fragen nach dem Sternzeichen und den darauf folgenden Astro-Smalltalk nur schwer ertragen und habe mich oft mit der Antwort entzogen, ich sei aus meinem Tierkreiszeichen ausgetreten. Manchmal sagte ich auch: Sternzeichen – ich weiß es nicht! Das aber führte nur dazu, daß ich nach meinem Geburtstag gefragt wurde. Den zu nennen ist mir auch lästig. Er geht niemanden etwas an.

Wenn du wenigstens Aszendent Jungfrau wärst, jammerte Anna, dann würden sich unsere Gegensätze vielleicht anziehen.

Aber du ziehst mich an, verdammt, sagte ich wütend. An der Anziehung der Gegensätze war natürlich etwas dran, denn ich spürte ja eine grobe Lust, Anna mit der Gewalt der Leidenschaft zum Schweigen zu bringen, ihr die Astroflausen auszutreiben.

Das gelang nicht. Wir schliefen nur noch selten miteinander, doch das, was man kitschig Vereinigung nennt, trennte uns noch mehr. Nach dem ohnehin schon etwas hysterischen Koitus war Anna nicht zufrieden, sondern noch hysterischer, weil etwas stattgefunden hatte, was nach Auskunft eines 900-Mark-Horoskops, das sie sich schon mehrfach für je weitere 300 Mark hatte deuten lassen, nicht hätte stattfinden sollen. Versteh doch, schrie sie, es soll nicht sein! Ich als Fisch, sagte sie immer wieder und raufte sich die Haare. Ich als Fisch! Das darf nicht sein! Es ist vorbei!

Sie sprang aus dem Bett, eilte zum Schreibtisch, kam mit einer dieser Horoskop-Graphiken, auf die sie in letzter Zeit stundenlang starrte, hielt sie mir vorwurfsvoll vor Augen und deutete auf Kreissegmente und Farbfelder: Da! sagte sie, Neptun, eindeutig, hier steht es! Das heißt: Kein Sex! Keine Liebe! Ich als Fisch, wiederholte sie mehrfach.

Es geht nicht mehr. Ich werde immer verschwommener, es darf so nicht weitergehen.

Ich schüttelte den Kopf. Das kannst du als klarer Löwe mit viel Sonne nicht verstehen! sagte sie. Da! Sie deutete auf die Zeichnung, hektisch wie ein Winkeladvokat, der einen Paragraphen gefunden hat, seinen Finger ins Gesetzbuch bohrt, halb zeternd, halb triumphierend. Da! Da steht es: Kein Sex!

An diesem Punkt hatte ich genug. Zum ersten Mal in meinem Leben ohrfeigte ich einen Menschen, eine Frau, meine Liebste. Ich schlug ihr links, rechts, links, rechts, auf ihre hübschen Backen, fest, damit der Blödsinn aus ihrem Kopf herausfliegen möge, und noch einmal links, rechts. Dann zischte ich mehr, als ich brüllte: Ich soll der klare Löwe sein! Mir ist das alles ziemlich unklar, du Idiotin!

Sie hielt meine Bemerkung offenbar für einen astrologischen Gesprächsbeitrag. Die Ohrfeigen, für die ich mich gern schon entschuldigt hätte, während ich sie austeilte, schienen sie nicht zu stören. Eben, sagte sie, wir müssen uns trennen. Der Dunst, der Nebel, das Chaos, das von mir ausgeht, bringt dich in Verwirrung. Du weißt als Löwe, was du willst, wir passen nicht zusammen. Ich vergifte dich, ich beneble dich, sagte sie und deutete wieder auf ihr lächerliches Papier: Da!

Du bist kein Fisch, schrie ich, du bist ein Huhn, eine Ziege, eine Schnepfe, eine Schnecke. Eine oberdeutsche Vorschriftenbefolgerin. Wer hat nur in dein Hirn geschissen! Ich war außer mir und brüllte jetzt wirklich wie ein Löwe: Wer war denn bisher immer der Chaot: Ich! Wer war denn immer ordentlich und wußte, wo es lang geht: Du! Es ist genau umgekehrt.

Das war eben falsch, jammerte sie, wir haben das Gegenteil getan von dem, was wir tun sollen, das kommt oft vor.

Nach dieser ungeheuer dummen Bemerkung ohrfeigte ich sie wieder laut und fest, aber sie griff, von den Schlägen völlig unbeeindruckt, erneut zu ihrer Horoskop-Zeichnung. Wie das geklatscht hat, sagte sie, fast erfreut jetzt wie eine Erleuchtete, die Bestätigung erfahren hat. Und dann hatte sie eine Erklärung gefunden. Neptun! Neptun, die Schwanzflosse Neptuns klatscht auf dem Wasser. Gewalt. Sie strahlte mich an: Ganz klar, du mußt Gewalt ausüben, so ist unsere Konstellation, dieser Aspekt muß zur Reibung führen, es ist keine Harmonie in Sicht. Alles fließt. Mir ist so flüssig zumute.

Trink einen Schnaps, sagte ich, und das tat sie komischerweise auch.

Anna hatte recht: Sie vergiftete mit ihrem Geschwätz tatsächlich mein Leben. Ich zog mich von ihr zurück. Sie machte mich traurig und verrückt. Zum Glück hatte ich meine Wohnung nicht aufgegeben. Ich bin Journalist. Wenn ich meine Artikel und Reportagen oder meine Sachbücher schreibe, muß ich allein sein. Sie hatte meinetwegen ihren Mann und ihre drei kleinen Kinder im Stich gelassen, was ich ihr hoch anrechnete. Der Gedanke hatte mich während unserer drei gemeinsamen Jahre stets entzückt, daß sie eine Frau war, deren erotische Lust stärker war als die Mutterliebe. Sie war ein Vulkan gewesen und kein

Fisch. Und jetzt war eine Modelehre dahergekommen wie eine Grippewelle und hatte sich in ihrem Hirn breitgemacht. Ich hatte Annas praktische Intelligenz immer bewundert. Wie war es möglich, daß sich in einem intakten Hirn solche schwachsinnigen Vorstellungen einnisten konnten? Ja, sagte sie, du hast recht, ich habe wie ein Vulkan gelebt, obwohl ich ein Fisch war und Feuer nicht mein Element ist. Deswegen war ich nie ich selbst.

Aber wir waren glücklich! schrie ich und schüttelte sie.

Es war eben kein echtes Glück, sagte sie.

Ein halbes Jahr dauerte es, bis ich begriff, was die schlaue Karin schon lange gesagt hatte: daß ich Anna verloren hatte. Ich konnte sie ohrfeigen oder ficken wie ein Löwe, es half nichts, ihr Herz gehörte nicht mehr mir, sondern den Sterndeutern. Ich jaulte ein Jahr lang vor mich hin. In dieser Zeit machte ich nur einmal diesen peinlichen Rückeroberungsversuch mit dem Rosenstrauß.

Ich war nie eifersüchtig. In der Zeit vor Anna nicht und auch nicht mit Anna zusammen. Vulkan, der sie war, hatte sie hin und wieder etwas mit anderen Männern gehabt – wie ich auch mit anderen Frauen. Ich finde das normal. Es ist auch normal. Wir sagten es uns nur dann, wenn wir leichtsinnig gewesen waren und nicht an Aids gedacht hatten. Daß man sich deswegen nicht mehr duellieren, sterben oder zum Mörder werden muß, wie noch vor achtzig Jahren, ist ein größerer Fortschritt als das Satelliten-Navigationssystem, das man sich heute in die Autos einbauen lassen kann, um ohne Straßenkarte ans Ziel zu kommen. Liebe soll man sich holen, wo man sie geschenkt kriegt, ich habe nicht einmal etwas dagegen, wenn die Frau, mit der ich im Bett liege, liebend an einen anderen Mann denkt. Es konnte auch vorkommen, daß ich neben der glühenden Anna lag und an andere Vulkane dachte. Alles normal. Sollte man deswegen leiden, muß man nur etwas zurücktreten, um den Abstand zu vergrößern. Es hatte mir manchmal Spaß gemacht, nicht ganz zu verstehen, was Anna an ihren neuen Liebhabern fand, und überlegen den Kopf zu schütteln.

Auf diese schwammigen Astrologen aber war ich eifersüchtig. Daß Anna an denen etwas fand, empörte mich so, wie es vor achtzig oder hundert Jahren noch einen Großgrundbesitzer empört hatte, wenn die rauschende Gattin zu lange mit einem jungen Dichter tanzte. Das empfand ich in der Tat als eine Befleckung. Sie betrog nicht mich. Sie betrog die Vernunft mit diesem Wahn. Ich drohte und warnte. Du pickst und gackerst trübselig und trübsichtig herum. Du bist in eine Gegend mit Bodennebel geraten, Sichtweiten unter dreißig Meter. Du wirst verunglücken.

Schon gut, sagte sie, und sah mich nicht einmal an.

Noch nie in meinem Leben habe ich einen Schuß abgegeben. Aber diese salbadernden Astrologen hätte ich gerne erschossen. Gehorsam ist schon schlimm genug, und Anna gehorchte mit einem Mal den Scharlatanen.

Ich bin darüber hinweggekommen. Die Vorstellung allerdings, Anna könnte eines Tages in meinem Flur stehen und sagen: Entschuldige, ich war krank, ich war einfach geisteskrank – diese Vorstellung begeistert mich noch immer gewaltig. Seit einiger Zeit habe ich ab und zu Liebschaften. Sie sind allesamt etwas flach, ich würde sie nicht aufgeben, aber sie würden sich vermutlich auflösen, wenn die verlorene Anna zurückkäme.

Das Thema der Talkshow war übrigens der Hauptgrund, weswegen ich meine Teilnahme zugesagt hatte. Kurz nach dem Jahreswechsel, der diesmal auch ein Jahrhundertwechsel gewesen war oder, noch pompöser, ein verfrühter Jahrtausendwechsel gewesen sein sollte, ging es natürlich um Dinge wie das Eintreten und Nichteintreten von Prophezeiungen und um ähnliches Gewaber. Anna war zwar keine große Fernseherin, aber bei solchen astro-esoterischen Matsch- und Nebelthemen würde sie als ziellos herumschwimmende Fisch-Frau vielleicht den Fernsehapparat einschalten, sofern sie einen hatte. Sie würde mich sehen, in dem alten weinroten Polohemd, das sie mir einmal von *C&A* mitgebracht hatte. Ich wäre derjenige, der den hellen Verstand repräsentiert, der die unklaren Säusler in der Runde souverän als Narren erscheinen läßt. Das würde Anna beeindrucken. Ich hatte ein paar Reportagen über die groteske Vermarktung des Jahrtausendwechsels als Zeitenwende geschrieben und kannte mich aus. Deswegen war ich eingeladen worden, wie mir die Redakteurin am Telephon gesagt hatte, um diesen Schwätzern übers Maul zu fahren.

Während mein Gesicht gepudert wurde und ich gleich zehn Jahre jünger und leblos aussah, freute ich mich auf meinen Sieg. Da erschien der Moderator der Sendung, begrüßte mich und einen ebenfalls frisch gepuderten Computerfachmann auf dem Schminkstuhl neben mir und sagte, der Weltuntergangsprophet habe abgesagt. Das war ein Schlag. Denn vor allem diesem Mann, von dessen dunklen Nebelschriften Anna so viel hielt, hatte ich es zeigen, ihn hatte ich zur Schnecke machen wollen. Statt seiner sei ein Dr. Eschenbach gekommen, hieß es. Auch diesen Namen kannte ich noch aus Annas Mund. Ich glaubte mich zu erinnern, daß es sich um eine Astrologenfigur handelte, die ich nach Annas bewundernden Beschreibungen als einen pseudoliberalen Hardliner auf dem Astro- und Eso-Markt einschätzte. Wenn mich nicht alles täuschte, hatte Anna eine Menge Geld für irgendwelche astrologischen Selbstfindungsseminare ausgegeben, um diesem Mann nahe zu sein, der dann wie alle großen Menschen nur wenig Zeit für seine gläubigen Zöglinge hatte und die Seminarstunden von seinen Unter-Astrologen abhalten ließ. Ohne Hierarchie nämlich, soviel hatte ich mitgekriegt, ging in diesem Gewerbe gar nichts.

Zuerst ging es um Berlin und das vernebelte Millenniums-Silvester. Ich kam mir vor wie ein Spielverderber. Nur nicht aufregen, sagte ich mir angesichts von so viel putzmunterer Mitmacherei. Da saß einer in der Runde, der in der Silvesternacht moderierend bei einer der Feten in Erscheinung getreten war. Der Mann konnte gar nicht verstehen, was man gegen sein Bedienen des Amüsierbedürfnisses haben konnte. Als einer, der seit Jahren vom Mitmachen lebt, von der ständigen Bejahung der Quoten und der Moden, hatte er seinen Spaß an der Silvestersause gehabt, das war sein Job. Er lebte davon, die Event-Geilheit der Blöden zu bedienen und nicht weiter darüber nachzudenken – so wie ich davon lebte, sie in meinen Artikeln und Reportagen als Idiotismus vorzuführen.

Dann war da noch ein professioneller Schwuler, der auf die Safer-Sex-Surprise-Partys der Schwulen hinwies, die schon immer Meister im Festefeiern gewesen seien – und das werde sich auch im neuen Jahrtausend nicht ändern, im Gegenteil, es werde das Jahrtausend der Schwulen werden. Er hatte einen zarten jungen Mann mitgebracht, dessen Schuhwerk von einem Ahnungslosen aus dem Publikum für Springerstiefel gehalten wurde. Gucci, erwiderte der adrette Jungmann indigniert. Nix Neonazi. Er outete sich völlig unnötigerweise und beflissen als Schwuler, also einer Gruppe klassisch Verfolgter zugehörig, wie er sagte. Er werde auch in diesem Jahrhundert für Spaß sorgen. Spaß muß sein. Was sollte ich gegen einen arglosen Gucci-Stiefelknaben sagen. Zumal sein Freund gleich mentorenhaft und totalkorrekt einflocht, daß man die Armen dieser Erde nicht vergessen dürfe, die kein Geld zum Feiern hätten.

Ich wurde langsam unruhig. Schon war fast eine halbe Stunde vergangen. Es blieb mir nicht mehr viel Zeit für meine Auseinandersetzung mit Dr. Eschenbach, dem Astro-Finsterling, der unbeteiligt neben mir saß, in einer hochgeschlossenen schwarzen Jacke, die man früher, glaube ich, Mao-Kittel nannte.

Vorher kam noch eine hübsche Schauspielerin zum Zug. Sie wurde beklatscht, weil sie vier größere Kinder hat, was man ihr nicht ansah. Sie hatte den Jahreswechsel allein verbracht und dabei ihren Spaß gehabt. Das gab keinen Beifall. Alles Gedöns, sagte sie, die Vorhersagen sind alle nicht eingetroffen, geändert hat sich auch nicht viel. Es kommt doch nur darauf an, daß man gute Freunde hat. Beifall. Noch zehn Minuten. Der Moderator schaute entschuldigend zum Astro-Mao-Mann und mir. Gleich. Er suchte eine Überleitung und schnitt endlich das Hauptthema des Abends, den ausgebliebenen Weltuntergang, an. Der Moderator bedauerte noch einmal, daß der Experte nicht kommen konnte.

Dem wird klargeworden sein, daß er kein Thema mehr ist, sagte ich, die Apokalyptiker sind kleinlaut geworden. Da nach der Sonnenfinsternis und auch nach dem Jahreswechsel die Welt nicht untergegangen ist, sind sie vorsichtig mit ihren Prognosen.

Zu meinem Entsetzen pflichtete mir der Astro-Doktor bei: Das ist natürlich vollkommen richtig, sagte er. Ereignisastrologie ist leider sehr populär, das ist es, was die Leute hören wollen. Seriöse Astrologie sei etwas ganz anderes, sie treffe keine Vorhersagen, sie vergleiche zum Beispiel Charaktereigenschaften, das sei bei der Partnerfindung ein Hilfsmittel.

Sehr seriös, sagte ich, ich habe von Paaren gehört, die sich getrennt haben, weil ihnen ein Astroarsch eingeredet hätte, Fisch passe nicht zu irgendwelchen Säugetieren. Bei dem schönen Wort Astroarsch kam ein Buhruf aus dem Publikum.

Wenn sich die Partner den Beurteilungen der Astrologen beugen, dann muß etwas dran sein, sagte der Astroarsch kalt. Wenn sie stark genug sind, die negativen Aspek-

te zu ertragen, dann ist es auch gut. Wir sprechen nur
Empfehlungen aus. Wir sagen niemandem, was er tun soll.
Die Entscheidung muß jeder selber treffen. Beifall.

Aha, sagte ich, die Astrologie versteht sich als Service,
ganz modern! Sie bieten nur etwas an. Sie sind ein Be-
standteil der Servicegesellschaft!

Ganz recht, sagte Astroarsch Dr. Eschenbach ungeduldig.

Er wenigstens begriff meine Aversion. Obwohl ich so
höhnisch wie möglich gesprochen hatte, empfanden die
anderen, allesamt Kreaturen der Dienstleistungsgesell-
schaft, meine Bemerkung gar nicht als giftig. Jetzt fiel dem
Moderator ein, daß er den Computerfachmann noch nicht
gefragt hatte, warum die Computer des Planeten zum
Jahrtausendwechsel nicht zusammengebrochen waren,
und ich schwor mir, nie wieder als Gast in einer Talkshow
aufzutreten, hörte nicht weiter zu, sondern dachte an das,
was ich nicht hatte sagen können: Daß meiner Ansicht
nach nicht nur die christlichen Religionen mit ihrem Gefa-
sel vom Jüngsten Gericht und ihrem Lechzen nach der Be-
strafung der Sünder an gelegentlichen Endzeitstimmungen
schuld hätten, sondern auch die Hand- und Heimwerker,
genauer die Zweimeterstäbe, die von den ewigen Bastlern
benutzt werden. Seit Jahrzehnten gibt es diese Latten.
Sie haben unser Bewußtsein geprägt. Man zieht um und
mißt aus. Möbel, Teppiche, Bilderrahmen, Höhe des
Kühlschranks, Tiefe des Herdes, Wohnzimmerfußböden,
Wandflächen, Türen, Fenster – immer wird gemessen. Fast
immer mit Zweimeterstäben. Vielleicht ist das so drin in

uns, daß wir denken: Nach 2 000 Millimetern ist erst mal Schluß, da muß die Meßlatte neu angelegt werden. Da beginnt etwas Neues. An dem Raum, den man ausmißt, ändert sich aber nichts. Das hatte ich sagen wollen, ferner, daß der Untergang des Globus das wahrhaft ultimative kollektive Spitzen-Event sei, also eher eine Mega-Sause als eine Katastrophe und sicher weniger schlimm als ein privater Weltuntergang. Auf die Nachfrage, die jetzt kommen mußte, was denn für mich der private Weltuntergang sei, hätte ich vielleicht leise sinnend, aber vernehmlich gesagt: Anna, ich kannte einmal eine Frau namens Anna ... Sonst nichts.

Vielleicht wäre mir das aber auch zu hollywoodkitschig gewesen, und ich hätte eine politisch korrekte Antwort gegeben, die Anna, falls sie denn vor dem Fernseher saß, auch zu denken hätte geben können: Nehmen wir an, ich hätte eine afrikanische oder eine jüdische Freundin, und die würde von Rechtsradikalen auch nur belästigt. Nicht überfallen, nicht verprügelt, nicht vergewaltigt, geschweige denn verletzt, gefoltert oder gar ermordet. Nur belästigt. Nur blöd angeredet. Und ich wäre nicht dabei, sie zu schützen. Oder noch schlimmer: Ich könnte es nicht angesichts von einem halben Dutzend bulliger Glatzköpfe. Das wäre der Untergang meiner Welt. Das hätte ich sagen wollen. Dabei hätte ich mir vorgestellt, wie Anna den Finger an die Lippen legen und überlegen würde, ob ich eine jüdische oder afrikanische Freundin hätte.

Alle Gäste, soweit sie nicht in Berlin wohnten, waren im selben luxuriösen Hotel untergebracht. Ein auf alt gemachter Neubau. Nur wenn man das vergaß, waren die Zimmer und Flure schön. Hohe Fenster, und die Flügeltüren wie in der alten Zeit. Wir saßen in der Hotelhalle herum. Jetzt, wo er sich nicht mehr auf die Sendung konzentrieren mußte, war der Moderator richtig nett, wollte aber nicht hören, daß er nett war. Sie sind sicher Fisch, sagte Astroarsch Dr. Eschenbach. Der Moderator nickte wie ertappt. Was soll der Hokuspokus! rief ich. Sie sind Löwe, sagte mir der Astrologe dreist ins Gesicht. Da hielt ich ihm meine Hand vor die Nase. Sie ist nicht sehr elegant. Ich bin kein Poet, sagte ich, ich habe keine Poetenhand. Ich bin Reporter. Ich habe eine Reporterhand. Ich ballte die Hand zur Faust und fuhr fort: Bei dieser Pranke ist es kein Wunder, den Löwen zu erraten. Sie haben keine Ahnung, sagte der Astrologe und stand auf: Er müsse noch die halbe Nacht arbeiten. Der Laptop sei beim Erstellen der Horoskope auf Reisen enorm hilfreich. Gute Nacht zusammen.

Die anderen gingen nun auch, bis auf die Schauspielerin mit den vier Kindern. Sie hatte mich erst für unsympathisch gehalten, aber seit ich dem Astroarsch meine Faust unter die Nase gehalten hatte, war sie auf meiner Seite. Ich hatte meine alten Freundinnen Karin und Katharina angerufen. Es war schon nach Mitternacht, als sie noch kamen. Nicht wegen mir, wie beide sagten, sondern weil sie sich schon lange mal das Bonzenhotel von innen ansehen und hier ein paar Gläser umsonst trinken wollten.

Sie erkundigten sich nach Anna, und als ich ihnen von ihr beziehungsweise von meinen Gefühlen zu ihr erzählte, seufzten sie erst wohlig, und dann fragten sie mich, ob ich denn von nichts anderem als meinem Liebeskummer erzählen könne. Was den Kartengruß von Anna betraf, wollten sie den nicht interpretieren. Die Schauspielerin und vierfache Mutter hatte zugehört und mein ganzes Liebesleben mitgekriegt. Ich hatte das Gefühl, daß sie mich nicht dafür verachtete.

Katharina und Karin begannen zu gähnen. Die Schauspielerin und vierfache Mutter war aus dem alten Ost-Berlin, hieß Natascha, und ihre kommunistische Vergangenheit verlieh ihr etwas Zuverlässiges. Sie gefiel mir mit jedem Glas Wein besser. Ihre Stimme war dunkel, ihr Haar blond. Katharina und Karin gingen. Natascha begann von ihrem Mann und von den Schwierigkeiten ihrer Ehe zu erzählen. Ich sah mich bereits mit ihr im Hotelzimmer verschwinden. Ohne Zorn und Eifer beschrieb sie mir, wie sie sich mit ihrem Mann auseinandergelebt habe. Der letzte Urlaub auf irgendeiner Insel sei ein Trauerspiel gewesen. Sie hätten sich nichts zu sagen gehabt. Und ich hörte mich schon, wie ich nachts im Bett in einer Liebespause ins Detail gehen würde, fair und eindringlich. Wie unsere Finger dabei auf unseren Körpern herummalen würden.

Noch war es nicht soweit, noch saßen wir gepflegt im Schutz der Hotelhalle. An einem der trostlosen Urlaubsabende, fuhr sie fort, hätten sie und ihr Mann in einer Bar stumm vor ihren Gläsern gesessen und ein fremdes Paar beim Tanzen beobachtet. Können Sie sich das vorstellen, fragte sie mich, zu sehen, wie die harmonierten? Ich nickte ergriffen und sah mich nun bereits im Hotelzimmer oben harmonisch mit Natascha frühstücken und von den Freuden der frischen Liebe schwärmen.

Da lehnte sie sich plötzlich zurück, wie um mich einzuschätzen, ob ich es wert sei. Als glühend und genüßlich empfand ich ihren Blick. Nun ist alles wieder gut, sagte sie. Wir haben einen Tanzkurs gemacht. Wir sind uns wieder nähergekommen.

Ich spürte, wie sich mein eben noch dezent-siegesgewisses, möglicherweise sogar etwas fettes Lächeln unauffällig in ein freundlich-anteilnehmendes, schlankes Lächeln zu verwandeln versuchte, wie meine Gesichtsmuskulatur Verhüllungsarbeit leistete. Enttäuschungen soll man mir nicht ansehen.

Erfüllt von ihrer eigenen Geschichte, schien sie den Wechsel meiner Mimik nicht bemerkt zu haben, oder sie übersah ihn großzügig. Sie war jetzt nicht mehr Natascha, sondern hatte sich in die Schauspielerin mit den vier Kindern zurückverwandelt. Ich fand es plötzlich übertrieben, daß wir uns bereits duzten. Sie blickte tief in mich hinein und gleichzeitig durch mich hindurch und sagte, jetzt schon fast seherinnenhaft: Man muß sich bemühen!

Ich reagierte nicht auf diese Botschaft, und sie wurde eindringlicher: Sich bemühen! Das allerdings muß man tun! Sonst geht nichts! Sonst fügt sich nichts mehr zusammen! Dann wurde sie konkret und sagte fast schüchtern: Sie und ihr Mann hätten nach diesem faden Urlaub Tanzstunden genommen. Seitdem gehe es aufwärts.

Schön, sagte ich.

Ich weiß, was du denkst, sagte sie, ich habe dich kennengelernt. Du denkst: Das ist so ein richtig bleiernes modernes, christliches, ostdeutsches Eheberatungsgeschwafel, stimmt's?

Aber nein, sagte ich. Sie hatte natürlich recht. Genau das dachte ich.

Du bist ein Gewinner, sagte sie. Aber du kannst die Frauen nicht halten. Du mußt dich bemühen. Das allerdings mußt du tun. Sie stand auf, ich stand auf, wir küßten uns nicht, sie gab mir beide Hände, nickte mir zu, verschwand im Lift und ließ mich mit ihrem Leitsatz allein: Du mußt dich bemühen.

Auch ich wollte jetzt gehen. Ein Ober kam und fragte, ob er die gesamte Rechnung auf meine Zimmernummer schreiben solle. Über 900 Mark. So teuer wie ein Horoskop. Ich hatte geglaubt, der Sender hätte die Getränke übernommen. Alles würde ich zahlen, nur nicht den Rotwein, den der Astroarsch getrunken hatte.

In meinem Zimmer sah ich fern und blieb bei keinem der Programme hängen. Es war erst kurz nach zwei Uhr. *Du mußt dich bemühen.* Ich erkundigte mich nach der Zimmernummer von Dr. Eschenbach und rief ihn an. Er war noch wach.

Erklären Sie mir, warum Sie mich einen Löwen nannten, sagte ich. Er lachte und lud mich zu einem Rotwein auf sein Zimmer ein.

Er saß in einem Zimmer, das wie meines aussah, am Schreibtisch vor einem smarten Zwölf-Tausend-Mark-Laptop, betrachtete konzentriert eine Grafik auf dem Bildschirm und gab mit den Tasten ein paar Befehle ein. Er drehte sich nicht zu mir um, sondern machte mit der Hand ein Zeichen, ich möge Platz nehmen. Das war nicht unhöflich. Am Computer benehme ich mich auch so.

Das ist nicht seriös, sagte ich, als er sich mir zugewandt hatte. Die Astrologie? fragte er spöttisch. Nein, sagte ich, diese Sternzeichenzuordnerei – Sie sind Löwe, das machen nur Schmierenastrologen. Ich versuchte ihm zu schmeicheln.

Er nickte: Manchmal ist man gerne schmierig.

Jetzt versuchte ich es: Viele Grüße von Anna. Ich hatte Glück. Offenbar genau der richtige Ton, der richtige Zeitpunkt. Wenn es nicht funktioniert hätte, wäre es nie ans Licht gekommen, ich hatte keine weiteren Trumpfkarten.

Anna, sagte er und lächelte. Es war ein Siegerlächeln. Ich wußte sofort Bescheid. Ich hatte immer diesen verrückten Verdacht gehabt. Anna und dieser Astroarsch. Dieses wächserne Mao-Kittel-Gespenst. Jeder andere. Aber nicht der. Das tat weh.

Sind Sie wieder mit ihr zusammen? Das freut mich, sagte er, ohne die Antwort abzuwarten.

Ja, sagte ich, nachdem ich Anna an Sie verloren hatte, war das nicht ganz leicht.

Er protestierte nicht. Es mußte genau so gewesen sein.

Kann ich mir vorstellen, sagte er, für so ein Dummchen bin ich ein Gott, da fällt der Rückweg zur Erde nicht leicht. Er lachte erstaunlich vital und boxte mich kumpelhaft: Nichts für ungut, wir verstehen uns.

Ja, sagte ich, ich bin wieder mit ihr zusammen. Man muß sich bemühen.

Er schwieg, blickte aus dem Fenster auf die Lichter der

Stadt und sagte dann wie ein Tragöde: Wenn Sie die Macht hätten, solche Frauen zu vernaschen, würden Sie widerstehen können?

Ich kann den Ausdruck vernaschen nicht leiden, sagte ich.

Schweigen.

Kompliment, sagte ich dann.

Wieso! sein ganzes Gesicht wurde zu einem Fragezeichen.

Daß Sie sich das merken konnten, sagte ich, das mit dem Löwen. Ist doch schon eine Weile her, daß Anna Ihnen das erzählt hat. Gutes Gedächtnis.

Braucht man in dem Beruf, sagte er stolz. Wieder protestierte er nicht. Wieder mußte es so gewesen sein. Der Genuß, mit Fangfragen ins Blaue mehr über die Vergangenheit herauszubekommen als alle Sterndeuter mit ihren Laptops über die Zukunft, wog jetzt mehr als der Ekel vor dem kümmerlichen Astro-Gnom. Meine Laune war jetzt richtig gut.

Eine Bitte habe ich, sagte ich.

Sie wollen wissen, wie Anna mit mir im Bett war, sagte er bereitwillig.

Ich winkte ab: Ich bitte Sie. Wo denken Sie hin. Ich hätte es gern schriftlich.

Was? Wieder sein Fragezeichengesicht.

Daß ich zu ihr passe, sagte ich. Sie kennen doch Anna. Ich lächelte ihm zu: Sie ist nicht ganz obrigkeitsunhörig. Wenn sie mal wieder auf und davon will, wäre es nicht schlecht, so ein astrologisches Gutachten aus der Schublade zu ziehen, von einer Koryphäe. Sie wissen, daß ich nicht an den Unsinn glaube, sagte ich. Es ist nicht für mich.

Kein starker Mensch glaubt an diesen Unsinn, sagte er und machte sich in seinem Sessel größer als er war. Dann lachte er wieder erstaunlich schallend und schüttelte den Kopf: Anna, kleine Anna.

Anna ist größer als Sie, korrigierte ich scharf.

Er schwieg, erhob sich, ging zu seinem Laptop, winkte mich heran. Das Arbeiten mit Textbausteinen ist das reinste Vergnügen, sagte er und rief ein Programm auf.

Ja, sagte ich, ich habe einen Freund, der ist Richter. Der Mann schwärmt auch davon. Jedes Urteil ist in zehn Minuten geschrieben.

Zehn Minuten!? sagte der Gnom, passen Sie auf. Er rief Eigenschaften/Fisch und Eigenschaften/Löwe auf. Register mit windelweichen Eigenschaften erschienen. Harmoniebestreben, Willenlosigkeit, Ehrgeiz, Egozentrik, Einsamkeit. Alles war mit allem zu verflechten. Man konnte nach Gutdünken wählen. Die Textbausteine fügten sich dann zu harmlosen, nichtssagenden Schwafelgutachten zusammen. Er zeigte mir die Konstellation, die er damals zusammengefügt hatte, um Anna und mich auseinanderzubringen.

Diabolisch, was? sagte der Gnom strahlend und führte mir vor, wie man eine Verbindung zwischen Löwe und Fisch auch positiv beschreiben kann. Man schiebt Neptun ein bißchen nach rechts oder links, ändert einen Winkel minimal, vergrößert ein Quadrat – und schon ist aus der unauflösbaren Spannung zwischen der Unklarheit des Fi-

sches und der Klarheit des Löwen eine fruchtbare geworden, die eine lebenslange Erotik garantiert. Ich überflog
das Partnerschaftsgutachten auf dem Bildschirm und nickte. In diesem Fall kann auch der Löwe mit dem Fisch ins
Wasser gehen, stand da. Das gefiel mir. Ich hatte immer
gern mit Anna in schönen Seen gebadet. Sehr gut, sagte ich,
drucken Sie das bitte aus.

Sind Sie schockiert? fragte der Gnom.

Wer an den Quatsch nicht glaubt, kann doch nicht
schockiert sein, sagte ich. Genauso habe ich es mir vorgestellt.

Anna wird nie an der Astrologie zweifeln, sagte er, es
gibt Tausende Annas, sie glauben an den Quatsch, davon
lebe ich. Ich könnte diesen Schwachköpfen vorführen, wie
es funktioniert, sie würden trotzdem weiter daran glauben.

Sie brauchen sich bei mir nicht für Ihren lächerlichen
Beruf zu entschuldigen, sagte ich und faltete das Gutachten zusammen, das leise aus dem kleinen Reisedrucker ge-
krochen war.

Er griff danach: Ich muß es signieren, sagte er, es ist
sonst nichts wert.

Gut, sagte ich dann, das hätten wir.

Als ich zu ihm ins Zimmer gekommen war, hatte ich
mir vorgestellt, ich müßte ihn bedrohen, um an dieses Papier zu kommen. Ich hatte mich schon gesehen, wie ich
ihm eine Pistole, die ich nicht besitze, an die Schläfe pressen müßte, um ihn zum Verfassen eines positiven Gutach-
tens für eine Fisch/Löwe-Liaison zu zwingen. Ich hatte
schon gehört, wie er mit einer Meckerstimme, die er gar

nicht hat, protestiert, das sei gegen seine Berufsehre. Du
schreibst jetzt, was ich dir diktiere, du Laus! hatte ich mich
schon sagen hören. – Mit einem Zyniker war der Umgang
doch leichter als mit einem Menschen, der sein Handwerk
ernst nimmt.

Irgendwie aber war mir alles zu leicht gegangen.
Irgendwie fehlte etwas. Ich war bereit gewesen, mich zu
bemühen, aber es war alles so mühelos gewesen. Ich sah
plötzlich tausend Annas vor mir, die wie die Nonnen daran glaubten, was dieses Arschloch ihnen erzählte. Als er
mir als seinem Mitwisser herzlich die Hand zum Abschied reichen wollte, konnte ich nicht anders, als ihm die
meine in sein Gesicht zu schlagen. Eine Premiere. Noch
nie gemacht. Es hörte sich nicht gut an. Etwas mußte ka-
puttgegangen sein. Sein Gesicht verformte sich zu einem
so abscheulichen Fragezeichen, daß ich noch einmal zu-
schlagen mußte. Und noch einmal. Fest, mit der Faust.
Ein Instinkt sagte mir, daß man einen ohnmächtigen
Astrologen leichter in seinem Hotelzimmer zurücklassen
kann als einen angeschlagenen, der einem fassungslos
nachsieht. Obwohl ich keinerlei Erfahrung im Zu-
sammenschlagen von Menschen habe, schien diese erste
Untat gelungen. Der Astro-Gnom lag bewegungslos am
Boden. Eine ungewöhnliche Situation, mit der ein zivili-
sierter Mensch nicht ohne weiteres zurechtkommt. Körperverletzung war das in jedem Fall. Die Frage war, ob er
mich anzeigen würde. Vor Gericht würde ich seine astrologischen Praktiken enthüllen. Würde er das in Kauf nehmen? Der Astrozauber dürfte zwar strafrechtlich kein Be-

trug sein, aber mit seiner Karriere als Guru wäre es wohl vorbei. Dafür würde ich eine Strafe wegen schwerer Körperverletzung gern akzeptieren.

Der Astro-Gnom rührte sich noch immer nicht. Er sah seltsam tot aus. Das war doch nicht möglich! Meine Schläge konnten es nicht gewesen sein. Ich bin kein Berserker. Vielleicht hatten sie einen Herzanfall ausgelöst? Wie auch immer. Er tat mir nicht leid. Sollte er tot sein, wußte ich nur eins: Ins Gefängnis wollte ich wegen diesem Schwein nicht kommen. Man muß sich bemühen. Ich hatte erst keine Ahnung, was zu tun war, dann fielen mir Kriminalfilme ein. Täter verwischen ihre Spuren, um den Verdacht von sich abzulenken. Ich nahm den schicken teuren Laptop mit einem Taschentuch, trug ihn ins Bad und wollte ihn in der Wanne zerschmettern. Racheakt irgendeines verwirrten Astro-Klienten. Dann erinnerte ich mich, daß Selbstmord die bessere Lösung ist. Ich stellte den Laptop zurück, nahm aus dem Bad zwei Wattestäbchen und ließ, als wäre es Routine für mich, keine Fingerabdrücke zu hinterlassen, die aufgerufenen Dateien in ihrem Festplattenbett verschwinden. Sicherheitshalber. Dann öffnete ich eine neue Datei und tippte mit den Wattestäbchen auf den Tasten vorsichtig folgenden Text: *Ich muß gehen, das neue Jahrtausend bringt mir nur Unheil. Ich kann nicht im Jahr des Drachen leben. Eschenbach*

Der Selbstmörder blutete nicht.

Ich war nicht zu meinem Wein gekommen – und ich hatte nicht geraucht. Kein verräterischer Aschenbecher, kein verdächtiges zweites Glas. Keine Spuren. Ich öffnete das Fenster. Es ging zum Hof. Das war mit lieb. Der Gnom war leicht wie ein Mädchen. Ich brauchte die Leiche nicht über den Teppich zu schleifen.

Beim Frühstück machte ein diskreter Polizeibeamter eine Routinebefragung. Er wollte etwas von mir wissen: Wann haben Sie ihn zum letzten Mal gesehen?

Ich sagte die halbe Wahrheit lieber gleich: Gestern, beziehungsweise heute, um kurz nach zwei hat er noch gelebt, sagte ich, ich habe mit ihm telephoniert.

Nachts nach zwei? Der Kommissar wurde hellhörig: Worum ging es?

Ich verbarg ein Lächeln nicht: Herr Eschenbach hatte seltsame Vorstellungen von den Charaktereigenschaften der Frauen, die im Sternzeichen des Fisches geboren sind. Ich habe ihm meine Meinung gesagt.

Nach dem Frühstück rief ich Anna an: Danke für deine Karte. Kann ich dich sehen? Ich bin in Berlin. Diesmal garantiert ohne Rosenstrauß.

Anna lachte wie früher. Guttural.

Schlag ein Café vor, bat ich.

Bleibtreustraße, sagte sie, ist doch klar.

Sie schlug nicht die Hände vors Gesicht, als sie mich erblickte. Sie sah gut aus. Schmerzhaft gut wieder einmal. Die Fernsehsendung hatte sie nicht gesehen.

Eschenbach hat sich in meinem Hotel aus dem Fenster gestürzt, sagte ich.

Anna betrachtete mich. Ich kann das nicht traurig finden, sagte sie, er war ein Idiot.

Was ist mit den Löwen und den Fischen, fragte ich, gibt es in der Astro-Szene neue Prognosen über die Aussichten dieser riskanten Verbindung?

Hör auf, sagte Anna, jeder irrt mal. Ich hatte mich verirrt. Du hast damals von Bodennebel gesprochen. Keine Sichtweiten. Trotzdem bin ich nicht verunglückt, wie du siehst. Im Gegenteil: Ich habe mich in dieser Zeit besser kennengelernt – und dich übrigens auch. Sie wurde fast feierlich: Man muß sich vergleichen! Wie soll man sich sonst einordnen? Besser sich in Horoskopen zu suchen als gar nicht.

Schon recht, sagte ich, man muß sich bemühen.

Das sagst du? Anna war erstaunt. Offenbar klang der Satz aus meinem Mund nicht glaubwürdig. Ich mußte ihn noch üben.

Ich suche mich lieber in der Literatur, sagte ich, und vergleiche mich mit Romanfiguren, das bringt mir mehr. Dichter schleichen zwar auch gern im Nebel herum, aber ihr sprachliches Niveau ist in der Regel etwas höher als das der Astrologen, und auch ihre Klischees sind nicht ganz so penetrant.

Ja, sagte Anna milde, du bist und bleibst was Besseres!

Man muß sich bemühen, sagte ich, holte das positive Fisch/Löwe-Gutachten aus meiner Tasche und zeigte es ihr: Dann brauche ich das nicht mehr?

Anna warf einen Blick auf das mit der schwülstigen Unterschrift des zu Tode gekommenen Dr. Eschenbach gezeichnete Blatt, auf dem irgendwelche austauschbaren Charaktereigenschaften und Wesensmerkmale zu einer harmonischen Prognose zusammengewürfelt waren, schüttelte den Kopf, zerriß das Papier und sagte: Falls du noch ein paar Tage in Berlin bleiben willst – du kannst bei mir wohnen.

Barbara Jaye Wilson
Rendez-vous unter Fischen

Ich lag ausgestreckt auf dem kalten harten Marmorboden, verheddert in eine Menge verwirrter, verängstigter, gestürzter New Yorker, flach auf dem Rücken, der Kopf benommen, um mich riesige Leere. Hoch oben glitzerte die gewölbte türkisfarbene Decke, und zwei gemalte goldene Fische starrten auf mich herunter. Die kaltblütigen Kreaturen schauten gekränkt, als ob sie der Tumult dort unten mächtig stören würde.

Glauben Sie mir, ich weiß, wie sich diese Fische fühlten.

Was mich am meisten beunruhigte, war der Gedanke, daß die Kugel, die Sekunden zuvor an meinem Ohr vorbeigeschwirrt war, mich hätte treffen sollen.

Aber offenbar hatte sie mich verfehlt.

Ich wackelte mit Fingern und Zehen, atmete mehrmals tief durch. Nichts verletzt. Bei der Untersuchung meines Körpers konnte ich keine Einschüsse entdecken.

Überall um mich herum Geräusche der Panik: polternde Schritte und Leute, die wimmerten, fluchten und schrieen.

Aus der Ferne hörte ich eine Stimme brüllen: »Haltet den Mann!«

Ich mußte hier weg. Der Schütze war sicher noch in der Nähe. Jeden Moment könnte er bemerken, daß er sein Ziel verfehlt hatte. Ich wollte auch nicht hier sein, wenn die Cops auftauchten. Viel Zeit blieb mir nicht mehr.

Und das alles um zwölf Uhr mittags, Grand Central Station, New York City – ziemlich genau im Zentrum des bekannten Universums.

Kaum zu glauben, daß ich noch vor einer Stunde allein in dem kleinen, stickigen Einzimmerapartment gesessen hatte, das mir als Büro und als Wohnung zugleich dient. Wie immer um diese Zeit widmete ich mich meinem monatlichen Ritual: Ich überlegte angestrengt, wo ich die Miete auftreiben könnte. Mein letzter Auftrag, von dem ich mir leichtes Geld erwartet hatte, löste sich in nichts auf, als die Kundin kalte Füße bekam und beschloß, daß es ihr piepegal ist, wenn sich ihr Mann herumtreibt, solange er sie weiterhin mit Diamanten und Perlen versorgt.

Ich grübelte über einer Liste von offenen Rechnungen und fragte mich, wen ich um Geld anhauen könnte, als das Telefon klingelte. Ein Job?

»Detektei R. R.«, sagte ich.

Die volle, weiche Stimme eines Mannes, tief wie das Meer. »Ich brauche Hilfe. Ich bin verzweifelt.«.

Immer ein gutes Zeichen, dachte ich. »Sagen Sie, Mister, äh ...«

»Kiemler. John Kiemler.«

»Also gut, Mr. Kiemler, was kann ich für Sie tun?«

»Sie sind Rhonda Ripley, richtig?«

Soviel gab ich zu.

»Ich habe gehört, daß Sie die beste Privatdetektivin in New York sind.«

Eine schmeichelhafte Übertreibung. Aber ich bin immer ehrlich zu potentiellen Klienten, selbst wenn es mich einen Job kosten könnte. »Ich habe keine Lizenz«, sagte ich, »und ich mache keine heißen Sachen, also wenn ...«

Kiemler unterbrach mich. »Kein Problem. Mir ist das lieber so – beides.«

Ich nannte ihm mein höchstes Honorar und ließ mir damit – falls nötig – Spielraum zum Handeln.

»Ist bar in Ordnung?«

»Das kriege ich schon hin«, erklärte ich. Nichts dagegen. Mein Vermieter liebt Bargeld. »Kommen Sie doch heute nachmittag in mein Büro, sagen wir zwei Uhr.«

»Nein. Das geht nicht. Es muß sofort sein.«

»Sofort? Mal sehen, vielleicht kann ich meinen Terminplan so hindrehen, daß es geht. Bleiben Sie dran, solange ich meinen Kalender durchsehe.«

Ich schaltete ihn auf Wartestellung. Kiemler sollte nicht mitbekommen, daß ich ebenfalls verzweifelt war. Ich wartete eine halbe Minute und nahm dann das Gespräch wieder auf. »Mr. Kiemler, das muß Ihr Glückstag sein. Scheint, als ob ich eine Absage hätte. Kommen Sie sofort, und ich kann Sie dazwischenschieben. Mein Büro ist an der Ecke ...«

»Sie sind hinter mir her«, sagte er. »Ich bin auf der Flucht, ich muß New York sofort verlassen. Bitte, Ms. Ripley, ich warte in Grand Central Station auf Sie.«

Ausgeschlossen. Egal, wie dringend die Sache war, in der Kiemler steckte, oder wieviel er lockermachen würde, das erste persönliche Treffen mit einem neuen Klienten ziehe ich immer auf meinem eigenen Territorium durch.

Ich mache keine Ausnahmen. Das ist meine einzige eiserne Regel.

Die Sache ist nämlich die: Mein Job ist es, Dreck aufzuwühlen. Und eine Menge meiner Klienten – alles Leute, die Dreck aufgewühlt haben wollen – sind nicht gerade das, was man rechtschaffene Bürger nennen würde. Ich vertraue ihnen nicht. Wenn sie mich beauftragen, steckt oft mehr hinter der Sache, als sie mich wissen lassen.

Bevor ich einen Job für einen neuen Klienten annehme, schaue ich mir erst mal an, wo ich mich hineinbegebe. Manchmal stelle ich dabei fest, daß die Kunden mehr Dreck am Stecken haben als die Personen, die ich überprüfen soll. Ich witzele oft herum, daß ich mit meinem Wissen durch Erpressung reich werden und mich zur Ruhe setzen könnte, wenn ich nicht so verdammt rechtschaffen wäre.

Um neue Klienten durchchecken zu können, habe ich mich mit High-Tech ausgerüstet. Meine beste Freundin Marie hat neulich diesen Ray geheiratet. Er ist ein Vollidiot und ständig arbeitslos, aber ein Genie, was Elektrik angeht. Zusätzlich zu den üblichen Aufnahmegeräten ließ ich Ray noch ein paar andere Dinge in meinem Büro installieren. Jetzt hinterläßt jeder, der es betritt, eine ganze Menge Spuren. Die Tischoberflächen sind so beschaffen, daß sie Fingerabdrücke gut annehmen, die Rückenlehnen der Stühle halten Haarsträhnen fest, die Polsterung zieht Fasern an und im Teppich bilden sich Fußabdrücke ab.

Ich wollte gerade darauf bestehen, daß Kiemler nach meinen Regeln spielt, als er hinzufügte: »Wir treffen uns in der Haupthalle der Grand Central Station, unter den Fischen.«

Fische? Hat er Fische gesagt?

Kiemler fuhr fort: »Wissen Sie, die an der Decke mit dem Tierkreis.«

Moment mal. An dieser Idee mit dem Treffpunkt unter den Fischen war irgend etwas ziemlich faul. Ich konnte mir plötzlich verdammt gut vorstellen, wer hinter diesem Anruf steckte. Ich fragte Kiemler: »Marie hat Sie dazu angestiftet, oder?«

»Ich versichere Ihnen, ich weiß nicht, wovon Sie reden.«

Kein sehr guter Lügner, dachte ich. Kiemler war kein potentieller Klient. Er war nicht auf der Flucht oder überhaupt irgendwie in Gefahr. Das Ganze sah sehr nach einem abgekarteten Spiel aus. Meine wohlmeinende Freundin Marie, die astrologische Spinnerin, hielt hinter den Kulissen die Fäden in der Hand und versuchte schon wieder, mich mit einem von unzähligen begehrten Fischejunggesellen zu verkuppeln.

Vor einer Weile hat Marie – glücklich mit Ray verheiratet und entschlossen, eine ebensogute Partie für mich zu finden – ihre Sammlung astrologischer Bücher konsultiert. »Dein Seelenverwandter«, sagte sie zu mir mit einem Funkeln in den Augen, »ist in einem veränderlichen Wasserzeichen geboren: Ein Fisch.«

Das war ein Haufen Quatsch, aber Marie war immerhin meine beste Freundin. Ihr zuliebe ließ ich mich auf mehrere Treffen mit Fischemännern ein, einer langweiliger als der andere. Zu veränderlich vielleicht. Erst am Tag zuvor hatte ich ihr gesagt: »Es reicht. Keine Kuppeleien mehr.«

Marie dachte wohl, sie könnte mithilfe eines Tricks ein weiteres Treffen mit einem Fischemann arrangieren. Sie hatte sich diese lächerliche Mann-auf-der-Flucht-Geschichte zurechtgebastelt, um mein Interesse zu wecken. Und das war ihr ja auch gelungen, wenn auch nur für eine Sekunde. Jetzt war ich dahintergekommen.

Teufel, was soll's, dachte ich. Ich meine, wie furchtbar konnte ein weiteres Blinddate sein? Außerdem war ich seit der großen Renovierung nicht in der Grand Central Station gewesen. Ich konnte mir endlich selbst die prachtvoll restaurierte Halle und die berühmte Decke mit dem Tierkreis ansehen, einschließlich dieser Fische. Wenn ein begehrter Junggeselle, Fische oder was auch immer, veränderlich oder starrköpfig, zufällig dort herumhing und mich treffen wollte, um so besser. Er konnte mich zum Mittagessen ausführen.

»Unter den Fischen«, sagte ich. »Sind Sie vielleicht Fisch, Mr. Kiemler?«

»Ich mag Fisch ziemlich gerne«, sagte er.

Und so brach ich meine eiserne Regel und schlüpfte in meine hochhackigsten Schuhe und mein brandneues, viel zu teures, graues Stretchkleid, das sich an genau den richtigen Stellen anschmiegte, und ging zur Grand Central Station und starrte an die Decke und entdeckte die zwei Fische und stand unter ihnen.

Und dann wurde auf mich geschossen.

Oberflächlich war ich starr vor Schreck, aber darunter kam ich mir vor wie eine komplette Idiotin. Wie konnte ich so leichtgläubig sein, Kiemler für ein Blinddate zu halten? Es war ein abgekartetes Spiel – aber nicht das, mit dem ich gerechnet hatte.

Dies war allerdings nicht der Augenblick, um über meinen dummen Fehler nachzudenken. Ich mußte aufstehen und verschwinden, schnell.

Ich sah ein letztes Mal zu den Fischen hoch – irgendwie war das alles ihre Schuld – und rollte dann auf die Seite. Ich sah sattes dunkles Blut, eine sich schnell ausbreitende Lache, die auf mich zufloß. Es kam aus einer Frau, die mit dem Gesicht nach unten neben mir auf dem Boden lag. Sie hatte meine Größe, die gleiche Frisur und Haarfarbe – genau so, wie ich mich Kiemler beschrieben hatte, damit er mich erkennen konnte.

Ich wußte ohne Notarzt, daß die Frau in schlechter Verfassung war, und auch ohne Kristallkugel, daß hier eine Verwechslung vorlag.

Wegen meiner Fehleinschätzung hatte eine unbeteiligte Zuschauerin die Kugel abbekommen, die für mich bestimmt gewesen war. Sie lag neben mir im Sterben oder war schon tot.

Raten Sie mal, wie ich mich fühlte.

Die Handtasche der blutenden Frau lag leicht erreichbar auf dem Boden. Kurz entschlossen tauschte ich sie gegen meine aus. Falls sie mit meinem Ausweis in der Tasche an ihrer Verletzung sterben sollte, würde die Welt erfahren, daß ich tot war. Der Schütze würde denken, daß er sein Ziel getroffen hatte, dann wäre ich im Vorteil und konnte vielleicht lange genug am Leben bleiben, um herauszufinden, wer den Anschlag auf mich verübt hatte.

Mit einem schnellen Blick rundum stand ich auf. Mein enganliegendes Kleid hatte sich hochgeschoben und verdreht. Ich zog einmal kräftig daran und schlenderte lässig zum Rand der Menge, die sich auf typische New Yorker Art schon wieder zerstreute.

Ich mischte mich darunter. Der Teil war einfach. Mit so etwas verdiene ich mein Geld.

Ein tüchtiges Team von Notärzten stürzte zum Tatort und hob die verletzte Frau auf eine Bahre. Einer der Sanitäter bemerkte meine Handtasche auf dem Boden neben der Frau, schnappte sie und legte sie dazu. Dann sausten sie mit ihr aus dem Gebäude hinaus auf die 42. Straße. Im Handumdrehen war alles vorbei.

Die Polizei entrollte gelbes Absperrband und riegelte den Platz unter den Fischen ab. Detectives in dunklen Anzügen, kaltblütig und professionell, schwärmten in die Menge aus, beobachteten, befragten Leute, die behaupteten, etwas gesehen zu haben, taten, was Detectives so tun.

Ich gab mich ebenfalls kaltblütig und professionell, spazierte noch weiter weg vom Geschehen zum Rand der Menschenmenge und manövrierte mich Richtung Ausgang. Da bemerkte ich einen dunkelroten Blutspritzer auf meinem Kleid. Ich schob die Handtasche der Frau über den Fleck und entschied mich für einen kurzen Abstecher.

Die Toilette war hell und weiß, sauber, gefliest und menschenleer. Ich befeuchtete ein Papierhandtuch mit kaltem Wasser und tupfte den Fleck ab.

»Was haben Sie denn abgekriegt, Lady? Ketchup?«

Erschrocken drehte ich mich um und sah eine uniformierte Toilettenfrau, die aus dem Nichts aufgetaucht war. Sie lehnte an einer Kabine, kreuzte ihre Arme und schüttelte mißbilligend ihren Kopf in meine Richtung.

»Oh, ja, Ketchup«, sagte ich.

»Sie sind wohl 'ne Touristin?«

Das war eine Beleidigung. Ich bin in New York geboren und aufgewachsen und stolz darauf. Ich öffnete den Mund, um ihr das klarzumachen, erinnerte mich dann an meine Situation und ließ es lieber. Ich mußte mich zurückhalten.

»Woran haben Sie das gemerkt?«

»Ihr Kleid. Es ist grau. New Yorker tragen schwarz. Ich vermute, Sie kommen trotzdem von nicht weit her. Grau ist typisch Ostküste, nicht wie die meisten, die ich hier habe. Pastell, wissen Sie? Und Sie glauben nicht ...«

Ich schaltete ihre Modekritik ab und beschäftigte mich wieder mit dem Fleck, der zu meinem Erstaunen vollkommen verschwunden war. Mein aufreizendes Kleid aus synthetischen Fasern, ein Wunder der modernen Chemie, stieß Blut ab. Diesen Vorzug sollte der Hersteller in der Werbung für die Fasern keinesfalls unerwähnt lassen.

Die Toilettenfrau plapperte weiter: »... hören Sie, Lady. Sie passen besser auf sich auf. Ich würde sagen, das sieht nach der Senf-Gang aus. Die haben jetzt scheint's auch Ketchup im Sortiment.«

»Senf-Gang?«

»Die arbeiten zu zweit. Einer von denen bekleckert Sie mit Senf, und während er sich entschuldigt und Ihnen hilft, den Fleck abzuwischen, sorgt er dafür, daß Sie nicht aufpassen. Dabei klaut der andere Ihre Tasche. Wissen Sie, es ist nicht mehr schön auf der Welt.«

Für mich war die Frage zwar offen, ob es das jemals gewesen war oder jemals sein würde, aber ich verspürte keine rechte Neigung, das hier und jetzt auszudiskutieren, und ging.

Auf der Straße suchte ich mir eine Telefonzelle und rief Marie an. Ihr Anrufbeantworter sprang an und verkündete, es sei keine gute Zeit, um eine Nachricht zu hinterlassen, da sich Merkur gefährlich rückläufig bewege. »Aber wenn Sie mir trotzdem etwas mitteilen wollen, sprechen Sie nach dem Piepton.«

»Marie«, sagte ich mit gedämpfter Stimme. »Hier ist Rhonda. Wenn du zu Hause bist, geh ans Telefon.« Ich wartete einen Moment und fuhr dann fort: »Das ist kein Witz. Es geht um Leben und Tod.« Sie antwortete immer noch nicht. »In Ordnung, du bist scheint's wirklich nicht da. Hör zu, Marie. Ich dachte, du willst mich wieder mit einem Fischemann zusammenbringen, und dann ist eine ganze Menge passiert, und es ist zu kompliziert, das hier zu erklären, aber wenn du in den Nachrichten hörst, daß ich tot oder schwer verletzt bin, stimmt es wahrscheinlich nicht. Und wo ich dich gerade dran habe: Keine Blinddates mehr. Nie wieder. Diesmal meine ich es ernst.«

Ich legte auf.

So fix und fertig, wie ich war, konnte ich mir das Büro für heute abschminken. Also ging ich die 42. Straße entlang Richtung Westen, um Abstand zwischen mich und den Ort zu bringen, an dem der Schuß gefallen war. Ich ging in den Bryant Park hinter der Bibliothek. Der Tag war klar und frisch, der Park voll von Büroangestellten aus der Innenstadt, die Mittagspause machten, Sonne tankten und sich für eine Weile aus ihren geisttötenden langweiligen Jobs davonstahlen.

Ich entdeckte ein paar freie Zentimeter auf einer Bank und flitzte über einen Flecken stoppeliges Gras, um sie zu besetzen. Ich zwängte mich auf den Platz. Rechts von mir mampfte eine dralle Frau ein gut dreißig Zentimeter langes U-Boot-ähnliches Sandwich. Links von mir wackelte ein Mann in einem marineblauen Anzug nervös mit dem Knie. Von beiden empfing ich negative Schwingungen; anscheinend fühlten sie sich durch mich gestört.

Sie kamen schnell darüber hinweg. New Yorker passen sich eben an.

Nun konnte ich endlich in die Handtasche des Opfers schauen. Ich wollte wissen, wer sie war, zögerte aber noch, ihre Privatsphäre zu verletzen. Ja, ich weiß, ich lebe von solchen Dingen, aber das hier war anders.

Tatsächlich war da wenig zu verletzen. Diese Frau reiste

mit leichtem Gepäck. Alles, was sie bei sich trug, war ein
neuer kastanienbrauner Lippenstift in einer glänzenden
goldfarbenen Hülle, eine Haarbürste in unberührtem Zustand, ein noch nicht geöffnetes Päckchen Papiertaschen-
tücher und eine rote Lederbrieftasche. Darin befand sich
ein Führerschein aus Connecticut und eine Kreditkarte,
beide ausgestellt auf Jennifer Truley, und zehn brandneue
Zwanzigdollarnoten. Kein Kleingeld. Keine Familienfo-
tos. Kein Schmutz und keine Flusen. Keine auf Papierfet-
zen notierten Telefonnummern. Kein Lebenszeichen. Angesichts der Umstände fand ich dies besonders beunruhi-
gend.

Ich fragte mich, welche unglückliche Kette von Ereignissen Jennifer Truley zur falschen Zeit an den falschen
Ort nach New York City gebracht hatten. Arbeitete sie in
der Stadt? War sie zum Einkaufen nach New York gekommen? Oder vielleicht, um jemanden zum Mittagessen zu
treffen? Ein Blinddate? Ein begehrter, veränderlicher
Fischemann vielleicht?

Sie war todsicher nicht nach New York gekommen, um
erschossen zu werden.

Wer wollte meinen Tod?

Ich lehnte mich zurück, schloß die Augen und ließ mein
Gehirn auf Hochtouren arbeiten. Die Möglichkeit, daß der
Schütze einen persönlichen Groll gegen mich hegte, konnte ich ausschließen. Mein Privatleben war es nicht wert,
daß auf mich geschossen wurde. Ich bin immer viel zu beschäftigt, verrenne mich in irgendwelche Sackgassen, su-

che nach fehlenden Beweisen oder ertappe einen schäbigen Loser möglichst auf frischer Tat. Für ein richtiges Privatleben bleibt mir dabei keine Zeit. Genau deshalb hatte Marie ja diesen Kreuzzug inszeniert, um mich mit einem begehrten Fischemann zu verkuppeln.

Kiemler. Was hatte sein Anruf zu bedeuten? War er derjenige, der mich töten wollte, ein bezahlter Killer oder nur eine Stimme am Telefon, die jemand angeheuert hatte, um mich dorthin zu locken? Wie auch immer, irgend jemand wollte offensichtlich meinen Tod, wahrscheinlich die Ex eines Klienten oder ein Exklient.

Ich beschäftige mich vor allem mit Ehegeschichten. Meine Klienten konsultieren mich, wenn schon alles gelaufen ist, also nachdem sie die falsche Person vor den Altar gebracht haben. Sie kommen zu mir, weil sie unbedingt wieder aus der Ehe raus wollen. Und damit sie bei der Scheidung eine saftige Abfindung bekommen, beauftragen sie mich, ihren Partner beim Ehebruch zu ertappen.

Kein Problem. Ich schnappe mir immer meinen Mann – oder meine Frau, was häufig der Fall ist –, und finde auch noch solide Beweise, die vor Gericht Bestand haben. Der Schütze könnte einer der vielen betrügerischen Ehegatten sein, die wegen meiner erstklassigen Arbeit im Bankrott endeten.

Dank meiner detektivischen Sachkenntnis wurden etliche Diamantringe aus dem Fenster oder auf die U-Bahn-schienen geworfen. Ein sensationeller fünfkarätiger, birnenförmiger Klunker verbrachte einige Zeit auf dem Grund des Hudson River, bevor er – und es tut mir leid,

das sagen zu müssen – am Finger seiner furchtbar aufge-
dunsenen Trägerin wieder an die Oberfläche getrieben
wurde.

Um die Unmengen trauriger Geschichten über menschlichen Verrat abzukürzen: Informationen, die ich ans Licht
gezerrt habe, haben die Zukunftspläne vieler Menschen
zerstört. Ich könnte mir vorstellen, daß sie alle mich gerne
tot sehen würden.

Ich dachte an meine aktuellen Fälle. Irgend jemand, bei
dem ich noch keinen Dreck aufgewühlt hatte, aber sicher
bald etwas finden würde? Ein erfolgreicher Künstler schlief
in fremden Betten und nahm an, daß seine Frau dasselbe
tat. Er wollte, daß ich sie dabei erwischte. Eine mit Silikon
aufgepeppte Frau hatte mich engagiert, um ihren Zukünfti-
gen zu überprüfen, einen viel älteren, angeblich unanstän-
dig reichen Mann. Ich hatte noch nichts über ihn herausgefunden, aber ein schneller Blick auf ihre Vorgeschichte
machte deutlich, daß sie nichts Gutes im Schilde führte. Sie
war dreifache Witwe – und ihre bisherigen, ebenfalls unan-
ständig reichen und recht betagten Ehemänner waren sämt-
lich unter obskuren Umständen ums Leben gekommen.
Ein Anwalt, der in seinem ersten Jahr in einer riesigen
Kanzlei arbeitete, hatte mich beauftragt, mögliche Indis-
kretionen seiner Kollegen beziehungsweise Rivalen zu enthüllen, um dadurch seine eigenen Chancen zu steigern, als
gleichberechtigter Partner in die Sozietät einzusteigen.

Als ich mich durch die Liste von Leuten wühlte, die
besser dran wären, wenn ich tot wäre, wurde mir die
dunkle Seite meines Jobs immer bewußter. Es mußte nicht

erst auf mich geschossen werden, damit mir klar wurde, wie deprimierend es ist, wenn man die Leute immer von ihrer schlechtesten Seite zu Gesicht bekommt.

Der Mann neben mir zückte sein Handy und rief jemanden an. »Kaufen!« schrie er. Ein paar Sekunden Stille, dann: »Verkaufen!« Dann wieder »Verkaufen!«, und dann »Kaufen!« drei Mal hintereinander.

Um ihr Mißfallen über seine lautstarke Rücksichtslosigkeit zum Ausdruck zu bringen, zerknüllte die Frau neben mir demonstrativ ihr Sandwichpapier.

»Verkaufen!« schrie er.

Die Frau knisterte zur Antwort.

Mit meiner Konzentration war es vorbei, und ich schaute in den Himmel.

»Kaufen!«

Weiße Quellwolken teilten sich.

Knistern.

Die Wolkenteile zogen davon und erinnerten mich wieder an diese verdammten Fische. Es war, als ob ich wieder in der Grand Central Station wäre, auf dem Rücken ausgestreckt an die Decke schaute und überlegte ...

Fische. In all dem Durcheinander und in meiner Eile, dort wegzukommen, hatte ich einen wichtigen Punkt nicht registriert. John Kiemler hatte die Fische benutzt, um mich zu dem Treffen mit ihm zu bewegen. Hätte er nicht die Fische erwähnt, hätte ich ihn niemals irrtümlich für ein Blinddate gehalten, wäre nie genau zu dieser Zeit an genau diesen Ort gelockt und nie beschossen worden.

Woher wußte John Kiemler von den Fischen? Maries

Versuche, mich mit einem Fischemann zusammenzubrin-
gen, waren mir so peinlich, daß ich niemandem davon erzählt hatte. Nur Marie wußte es. Nur sie, meine beste
Freundin, vor der ich dutzendmal rumgewitzelt hatte, daß
ich mit Erpressungen mehr Geld verdienen könnte, und
die mich sogar einmal dazu ermuntert hatte. Nur Marie,
deren neuer Ehemann Ray mein Büro verdrahtet und die
nun Zugang zu den Geheimnissen meiner Klienten hatte.
Nur Marie. Sie mußte es gewesen sein.

Zu meinem Glück – und zu Jennifer Truleys Unglück –
war der Ballermann, ob es nun Kiemler war oder irgend jemand anderes, den Marie und Ray beauftragt hatten, ein
mieser Schütze.

Und ich hatte vorher gedacht, mir gehe es schlecht.

Weit schlimmer als die Gewißheit, daß mich jemand
jagte, war der Verdacht, es könnten meine beste Freundin
und ihr Ehemann sein, die den Killer beauftragt hatten.
Und noch viel schlimmer war die Tatsache, daß ich meiner
besten Freundin, die meinen Tod gewollt hatte, auf den
Anrufbeantworter gesprochen hatte, daß ich lebte und es
mir gutging.

Damit war der Vorteil, den ich gehabt hatte, ziemlich
zunichte gemacht.

Ich gab meinen Platz auf der Bank frei und verließ den
Park. Ich mußte mich bewegen.

Der Times Square hat sich, fast über Nacht, aus einer
schmutzigen, verwahrlosten und gefährlichen Bordellge-
gend in eine schicke, blitzsaubere Touristenfalle verwan-

delt. Manche sagen, daß die Stadt damit die dunkle Seite ihrer Seele verloren habe. Ich hielt mich mit einem Urteil zurück.

»Jedes Licht am Broadway steht für ein gebrochenes Herz.«

Das war eine Reiseleiterin, die ihren Sermon abspulte. Ich war hinter eine Gruppe rosiger, mit Sweatshirts bekleideter Leute aus dem Mittleren Westen geraten. Sie stolperten den Broadway hinunter und hörten konzentriert ihrer munteren Leiterin zu, baß erstaunt von den Tausenden von Lichtern, die Tag und Nacht leuchteten.

Ich hatte die Zeile mit den gebrochenen Herzen schon oft gehört. Nun glaubte ich ihr zum ersten Mal.

»Und das ist unsere weltberühmte Nachrichtenanzeige«, sagte die Leiterin. Sie zeigte hinauf zu der pulsierenden elektronischen Schlagzeile, die sich mehrere Stockwerke höher um ein Gebäude zog.

Gegenwärtige Temperatur: 22. Dow-Jones-Index: steigend. Frau im Grand Central erschossen.

Verdammt.

Jennifer Truley war also tot.

Und es war meine Schuld.

Auf der Suche nach Dunkelheit betrat ich die erste Bar, an der ich vorbeikam.

Das Lokal gehörte zu einer Kette, natürlich, wie es sich für den neuen Times Square gehörte. Die Einrichtung bestand aus viel Messing und Holz, und die Speisekarten waren viel zu kitschig, aber der Laden war halb leer, und der

Fernseher am Ende der Bar war auf den lokalen Nachrichtensender eingestellt.

»Sie wünschen?« fragte mich der Barkeeper, ein großer Mann mit rotem Haar und Bart. Er blitzte mich mit geübtem Lächeln an.

Ich bestellte ein dunkles Bier und ließ mich nieder, um mir die Nachrichten anzusehen.

Die Schießerei in Grand Central Station war eines der brandaktuellen Themen, über die ständig berichtet wurde, so daß ich nicht lange auf Einzelheiten warten mußte. Der Sprecher sagte, daß die Cops von einem Bandenmord ausgingen. Keine große Überraschung – die Cops dachten so etwas immer. Die große Überraschung kam, als der Sprecher den Namen des Opfers nannte: Candy. Ich war so schockiert, daß ich den Nachnamen nicht mehr mitbekam.

Candy? Wieso nicht ich?

Ich hatte doch gesehen, wie der Sanitäter meine Handtasche neben das Opfer auf die Bahre gelegt hatte. Laut ihrem Ausweis, den ich nun hatte, war sie Jennifer Truley. Sie hatte meine Handtasche und hätte eigentlich als Rhonda identifiziert werden sollen.

Wer zum Teufel war Candy?

Als ob der Sprecher meine Frage gehört hätte, berichtete er weiter, daß Candy, eine ehemalige Stripperin in einem Club, der angeblich der Mafia gehörte, auf dem Weg zu einer Anhörung beim FBI gewesen sei, bei der sie aussagen wollte ...

Ich blieb nicht, um das Ende zu hören.

Ich bin keine von diesen Privatdetektivinnen, die in einem tollen roten Cabrio herumfahren und dabei dunkle Geheimnisse aufklären, sich mit üblen Typen prügeln, Unrecht wiedergutmachen. Das größte Geheimnis bei meiner Arbeit ist die Frage, warum ich diesen miesen Job immer noch mache – mehr eine philosophische Überlegung.

Nun war ich auf ein echtes Rätsel gestoßen, für das es eine konkrete Lösung geben mußte. Die Fakten, die ich hatte, paßten nicht zusammen, was hieß, daß manche der Fakten nicht stimmten. Ich hatte eine ziemlich genaue Vorstellung davon, welche Fakten keine Fakten waren.

Ich kenne einen Ort, eine erfrischend heruntergekommene Ecke in der Mitte des Times Square, die der Abrißbirne entgangen war. Hier kann sich jeder mit dem entsprechenden Kleingeld eine falsche Identität von so hoher Qualität beschaffen, daß sie sogar für eine Präsidentschaftskandidatur ausreicht. Das dreistöckige Backsteingebäude ist kaum zu sehen, versteckt hinter einem neonbeleuchteten Kiosk und eingeklemmt zwischen zwei eleganten Wolkenkratzern mit Glasfassade.

Ich betrat ein schmutziges, enges Foyer, ging mit knirschenden Schritten über einen Teppich aus toten Küchenschaben, stieg eine wacklige Treppe bis ins oberste Stockwerk hinauf und drückte auf die Klingel.

Die Tür öffnete sich einen Spalt, und ein einzelnes eingesunkenes, wäßriges Auge schielte heraus. »Hey, Mädchen. Lange nicht gesehen.« Die rauhe Stimme war ein todsicherer Hinweis darauf, daß ihr Besitzer am Tag mindestens vier Schachteln Zigaretten durchzog

»Hallo, Joey.«

Er entriegelte das Kettenschloß und öffnete die Tür ganz. Der Geruch von Tinte und Lösungsmittel überlagerte den Nikotingestank. Der vordere Raum war ein zweckmäßiges Siebdruckstudio. Um den Eindruck eines legitimen Geschäftes aufrechtzuerhalten, haut er hin und wieder ein paar T-Shirts mit obszönen Sprüchen und Bildern raus. Das echte Geschäft findet im hinteren Raum statt. Joey ist ein Fälscher.

»Na, Rhonda, wie läuft das Geschäft?«

»Kann nicht klagen. Und bei dir?«

»Wie immer, wie immer.«

»Du mußt dir was für mich anschauen, Joey.«

Ich nahm Jennifer Truleys Geldbörse aus ihrer Handtasche, zog den Führerschein und die Kreditkarte heraus und reichte sie Joey. »Taugen die was?«

Joey schaltete eine starke Lampe ein, beugte sich über den Arbeitstisch und untersuchte Jennifer Truleys Dokumente mit einer Lupe. Dabei unterhielten wir uns weiter.

»Hast du von dem Weibsbild gehört, das in Grand Central weggepustet wurde?«

»Ja«, sagte ich. »Eine Tragödie.«

»So viel zur niedrigen Verbrechensrate«, sagte Joey. »Bandenmord, hab ich gehört. Beschissene Werbung für die Tourismusbranche. Kann nicht sagen, daß es mir leid tut.« Er richtete sich auf. »Woher hast du die?«

»Komm, Joey. Du weißt, daß ich das nicht sagen kann. Sind sie okay?«

»Nee, aber es sind verdammt gute Fälschungen. Die besten, die ich je gesehen habe. Besser als meine. Respekt. Die müssen 'ne neue Technik entwickelt haben.«

Wenn mein Verdacht zutraf, war der Tod von Candy, der Kronzeugin, ebenso eine Fälschung wie Jennifer Truleys Ausweis. Außerdem gab es noch einige solcher Übereinstimmungen.

Ich hätte mißtrauischer sein sollen, als der Blutfleck so leicht aus meinem Kleid herausging. In meiner Panik hatte ich mir nicht die Zeit genommen, das genauer zu untersuchen. Um sicherzugehen, daß ich mich auf der richtigen Spur befand, mußte ich einen weiteren Stop einlegen, eine weitere Frage stellen.

Ich war bestimmt zwanzig Mal in der Woche an dem kleinen Schaufenster vorübergegangen, hatte nie viel darüber nachgedacht, war nie hineingegangen, hatte nie das Bedürfnis gehabt, Theaterschminke zu kaufen. Hatte ich eigentlich immer noch nicht.

Die Glocken an der Tür bimmelten, als ich eintrat. Jeder Quadratzentimeter des Ladens war vollgestopft mit kleinen Dingen in glänzenden Plastiktüten und Dosen.

Eine Frau mit langem fließenden rotblonden Haar saß hinter dem Tresen. »Kann ich Ihnen helfen?«

»Haben Sie unechtes Blut?«

»Aber sicher doch. Ich habe jede Art unechtes Blut, das Sie wollen. Ich habe Blut, das kleckst, Blut, das spritzt, Blut, das eine Lache bildet, realistisch dunkelrotes und auch das glaubhaftere knallrote. Ich habe unechtes Blut, das entwickelt wurde, um auf Schwarzweißfotos gut aus-

zusehen, und ein anderes für Farbfotos. Ich habe gerade
ein neues Produkt hereinbekommen, das gut im Internet
zu sehen ist.«

»Ich brauche unechtes Blut, das keine Flecken hinterläßt.«

»Alles unechte Blut, das ich verkaufe, gibt's auch in der
Sorte, die keine Flecken hinterläßt. Kostet mehr, aber es
lohnt sich.«

Fakten, Nicht-Fakten und falsche Fakten. Nun war ich
ziemlich sicher, welche welche waren.

Niemand war tot.

Die gesamte Schießerei war inszeniert worden, damit
die Kronzeugin Candy ihren Tod möglichst öffentlich
vortäuschen und dann in irgendein Zeugenschutzpro-
gramm verschwinden konnte. Ihre neue Identität war Jennifer Truley.

Nachdem der falsche Schuß abgefeuert worden war, fiel
die Kronzeugin Candy auf den Boden. Ich und viele andere wurden in der Panik umgerissen, aber nur Candy schien
verwundet. Stark blutend mit einer Sorte Blut, die keine
Flecken hinterließ, wurde sie in einen Krankenwagen gela-
den, der sie in ihre neue Wohnung und in ihr neues Leben
transportierte.

Niemand mußte sich den Ausweis ansehen, den Candy
dabeihatte. Die Medien wurden mit der vorbereiteten Story gefüttert.

Also war die Welt doch noch schön. Die Kronzeugin
Candy lebte, es ging ihr gut, und sie würde glücklich als

Jennifer Truley leben. Und meine beste Freundin hatte gar nicht versucht, mich umzubringen.

Nur der Handtaschentausch schuf noch ein neues Problem. Ich hatte immer noch Candys Handtasche mit ihrem Jennifer-Truley-Ausweis, und sie hatte wahrscheinlich immer noch meine Handtasche mit meinen Papieren.

Ich ging zurück zur Grand Central Station, dem Schauplatz der inszenierten Schießerei. Nachdem ich das Bargeld herausgenommen hatte, warf ich die Handtasche mit Jennifer Truleys Ausweis in einen Mülleimer. Wenn die Polizei sie jemals fände, würde man annehmen, daß ein Taschendieb das Chaos nach der Schießerei genutzt und die Handtasche geklaut hatte.

Ich war versucht, das Geld zu behalten. Es war Staatsgeld, meine Steuergelder im Einsatz. Genausogut konnte das Geld direkt für mich arbeiten und mir helfen, die Miete zu bezahlen. Aber was glaubte ich eigentlich, wen ich hier an der Nase herumführte? Am Ende gewann natürlich meine moralische Seite, und ich spendete das Geld für wohltätige Zwecke.

Als nächstes mußte ich mir überlegen, was passierte, wenn Candy und das FBI bemerkten, daß sie meine Handtasche mit meinem Ausweis hatten und nicht ihre eigene mit Jennifer Truleys Ausweis. Würden sie befürchten, daß ihr Plan, Candy zu »töten«, gefährdet war? Wenn das der Fall sein sollte, würden sie ihr zur Sicherheit eine andere, neue Identität verschaffen. Für sie war das keine große Sache.

Ich befürchtete allerdings, daß die Jungs vom FBI sich auch über mich Gedanken machen oder auf die Idee kommen könnten, ich wüßte, daß sie Candys Tod vorgetäuscht hatten. Um ganz sicher zu sein, daß sie das nicht taten, fragte ich mich, was ich tun würde, wenn ich nichts wüßte. Die Antwort war einfach: Ich wäre sehr aufgeregt über den Verlust meiner Handtasche.

Ich war immer noch in der Grand Central Station, also rief ich die Cops aus einer Telefonzelle an. »Ich habe meine Handtasche verloren«, erklärte ich, »heute in Grand Central Station, als die Frau angeschossen wurde und alle herumrannten und schrieen. Es war ein völliges Durcheinander.«

Der Cop seufzte. »Ich sag's Ihnen nur ungern, Ma'am, aber ich seh da ziemlich wenig Chancen, daß Sie die Handtasche wiederbekommen. Ich würde sogar sagen: Ihre Chancen sind gleich null. Für alle Fälle schreibe ich mir mal Ihre Angaben auf. Aber rufen Sie besser gleich Ihre Kreditkartenfirma an.«

»Das mache ich. Danke.«

»Danken Sie den Sternen, daß Sie am Leben sind. Die Frau, auf die geschossen wurde, hat es nicht geschafft.«

Ich wollte immer noch herausfinden, ob John Kiemler ein verzweifelter potentieller Klient auf der Flucht oder ein Blinddate war. Ich warf eine weitere Münze in das Telefon und rief Marie an. Diesmal ging sie ran.

»Hast du vor ein paar Stunden so eine komische Nachricht von mir bekommen?« fragte ich.

»Das warst du? Mein Anrufbeantworter hat ein paar Worte aufgezeichnet, der Rest war unverständlich. War ja auch nicht anders zu erwarten. Ich hab's ja schon auf den Ansagetext gesprochen: Zur Zeit ist Merkur rückläufig, Kommunikation ist extrem schwierig. Ich vermute, du hast alles über John Kiemler herausgefunden. Er hat mich angerufen, um sich für ...«

»Verdammt, Marie, ich habe dir gesagt, keine Arrangements mehr.«

»Ich wollte dir nur unter die Arme greifen. Du bist schließlich auf einem Tiefstand, was Verabredungen angeht. Das liegt an deiner blöden Arbeit. Jedenfalls, Kiemler hat mich angerufen. Es tut ihm wirklich leid, daß er dich versetzt hat.«

»Kiemler hat mich versetzt!?«

»Hast du das nicht gewußt?«

»Nein.«

»Dann nehme ich mal an, daß du auch nicht gekommen bist«, sagte Marie. »Tolle Freunde. Ich strenge mich an, damit ihr euch trefft, und ihr kneift beide. Man könnte verrückt werden, aber in dem Fall glaube ich, es war ganz gut so. Ich habe gehört, daß heute jemand in Grand Central Station erschossen wurde. Das hat überhaupt nichts Romantisches.«

Ich hatte genug von Grand Central Station. Es war ein langer, schlechter Tag gewesen, und ich wollte nach Hause.

Ich durchquerte die Haupthalle, mein Kopf voll mit den Ereignissen des Tages. Was am meisten herausstach, war meine lächerliche, wilde, heftige Paranoia. Ich war gerade noch mal an einem totalen Zusammenbruch vorbeigeschlittert. Vielleicht hatte ich zu viel von den dunklen Abgründen der Gesellschaft gesehen. Vielleicht sollte ich eine neue Laufbahn einschlagen, einen echten Job, etwas wie –

Ich stieß mit einem Mann zusammen. »Hey, passen Sie doch auf, wohin Sie gehen!«

»Entschuldigung«, sagte der Mann. »Ich war so abgelenkt durch diese großartige Decke. Sie ist phantastisch, finden Sie nicht?«

»Nicht schlecht.« Ich fand vor allem, daß der Mann auch nicht schlecht war – gut gebaut, hohe Wangenknochen, volles dunkles Haar, sagenhaft tiefblaue Augen. Hoffentlich hatte ich nicht zu grimmig geklungen.

Er deutete an die Decke. »Wissen Sie, was die gemalten Symbole darstellen?«

»Tierkreiszeichen.«

»Ach, tatsächlich«, sagte er. »Wenn das so ist, sollte ich nach einem Paar Fische schauen. Sehen Sie, ich bin ...«

Aus dem Amerikanischen von Tatjana Eggeling

Roger M. Fiedler *Rhein-Gold*

Der Wasserhahn tropft. Es ist dunkel. Die Hitze läßt uns nicht schlafen. Die Schlampe liegt nackt neben mir wie ein Stück Fleisch aus einem Kühlhaus bei Stromausfall. Sie bezeichnet sich selbst so, als Schlampe. Mit trägen Lippen erzählt sie mir Geschichten, während ich ihren Bauch esse. Zwei Aspirin sind in ihrem Magen und eine halbe Cocktailbar. Sie hat den Wasserhahn nicht ordentlich abgedreht. Man braucht etwas Kraft.

Sie erzählt von ihrem Vater, der sie zum Fischen mitnahm, als sie dreizehn war. Er warf den Köder aus und betrank sich in der sengenden Sonne. Sie träumte vom Fliegen und vom Schnee. Sie wollte schon damals eine Schlampe werden, sagt sie. Ihr Vater legte ihr die gefangenen Fische in die Hand. Sie aalten sich von einer Seite auf die andere und zappelten sich frei.

»Du mußt sie mit aller Kraft halten«, sagte er. Dann tötete er sie und strich ihnen die Eingeweide aus. Sie hatte damals ihre ersten erotischen Gefühle, sagt sie.

Einmal fraß ein Fisch den Haken. Der Vater betäubte ihn mit einem harten Schlag. Er war selber schon nicht mehr ganz klar im Kopf. Sie mußte den Fisch halten, damit er den Haken ausmachen konnte. Doch der Fisch wand sich in ihren Händen und biß ihr in den Finger. Da habe sie gespürt, daß er lebte. Sie habe nie wieder Fisch gegessen.

Ich gleite zu ihr hinüber und bearbeite sie kräftig. Sie

gluckst und nimmt ihren Daumen in den Mund. Sie sagt, sie liebe meine Triebhaftigkeit. Sie mag keinen stumpfen Sex. Ich könnte sie fressen, gerade jetzt. Etwas drückt mich am Knie, ein harter Gegenstand. Es ist schmerzhaft. Ich taste danach, habe ihren Schuh in der Hand. Irgendwo in den verschwitzten Laken ist der Rest ihrer Kleidung, wenn sie nicht schon einen Teil in der Bar gelassen hat.

Ihr Körper fühlt sich quirlig an wie ein Netz voller Fische. Sie wirft sich auf dem Bett hin und her, ist glatt von Schweiß. Ich ergreife sie und presse sie gegen mein Becken mit aller Kraft. Sie beginnt, mich zu beißen. Ich entziehe meinen Arm ihren Zähnen.

Es gibt einen lauten Knall. Die Nachttischlampe ist zu Boden gefallen. In der Küche rauscht noch der Fernseher. Und der Wasserhahn tropft. Ich halte mit der Hand ihre Zähne von mir fern und stoße hart zu, doch der Schweiß macht sie schlüpfrig. Sie entgleitet mir. Sie beißt mich, die Schlampe, richtig fest beißt sie zu. Hinterher sagt sie mir, sie hätte mich gebissen, um mir zu zeigen, daß sie lebe.

El-le, lacht sie aus ihrem etwas zu großen Mund hervor, el-le-le-le, und dieser Wasserfall aus klaren Silben sprudelt in die dumpfe Hitze des kleinen Zimmers wie der Champagner, den sie ihrem eigenartigen Geschmack folgend aus mit Eiswürfeln gefüllten Wassergläsern säuft. Das Silbenspiel hatte ich noch in der Bar erfunden. Aus den Anfangsbuchstaben ihres Namens. El für Eleonore, le für Ley. Und Elle für sie. Das gefiel ihr besonders. Das Französische. Sie steht vor dem Fenster zum Fluß, lacht diese Perlenkette von Silben hervor und betrachtet die unten vorbeischwimmenden Schiffe. Während ich den zarten Schimmer bemerke, den das Licht des Mondes auf ihre Konturen sprüht – oder ist es der Fernseher? – überkommt mich eine starke Sehnsucht nach dem Meer. Fluoreszierendes Blau. Meine Lust auf sie läßt sich nicht stillen. Ich reiße den Stecker des Fernsehers aus der Wand, eher stolpernd als gehend, finde mich vor dem offenen Kühlschrank wieder, wo ich schmelzende Eiswürfel in mein Glas werfe. Der Wasserhahn tropft immer noch, und ich vergesse ein zweites Mal, die Kühlschranktür zu schließen, weil mich etwas Kühles von hinten umschlingt.

»Zeig mir die Bank!« sagt sie.

Während ihre Hände über meinen Körper schwimmen, fallen Eiswürfel aus meinem Glas. Ich greife zum Flaschenhals wie sie nach mir und lade sie mit den Lippen ein, mir durch das Fenster aufs Dach zu folgen. Ihre Hände schwimmen noch immer. Und Eis schmilzt durch den Teppich. Unsere Füße kühlen sich daran. Ihre Lippen drücken mich gegen das Fensterglas. Ein Riß platzt dort durch die Scheibe, Weinschaum ergießt sich über den Fensterknauf. Ihr Lachen klingt nun wie ein Wasserfall, und eine ausgelassene Zunge tupft Champagner von meinem Arm. Ich greife um den Fensterholm, wo die Leiter für den Kaminkehrer beginnt, und spüre einen rasenden Schmerz im linken Unterarm. Dort löst sich lächelnd ihr Mund von meiner Haut. Doch es ist zu dunkel, um das Blut zu erkennen. Hinterher finde ich den dünnen Schnitt und erinnere mich an die geplatzte Scheibe, aber jetzt in der Gegenwart löst sich der Schmerz in Wohlgefallen auf. Beim Anblick ihres Rückens. Die Schlampe gleitet in die Nachtluft wie ein Fohlen ins Leben und beginnt, noch während ich das Salz von ihren Beinen lecke, draußen zu tanzen. Barfuß auf dem Dach, zwanzig Meter über Grund, und unten nichts als schroffe Klippen bis zum Rhein hinunter.

»Fang mich!« sagt ihre sich entfernende Stimme, im nächsten Moment schon verliere ich sie aus den Augen. Ich balanciere vorsichtig in die Schwärze. Dachpfannen liegen glatt und warm unter meinen Füßen. Mein Blick verläßt den Horizont und taucht in die Sternbilder ein. Plötzlich überkommt mich ein Gefühl der Sicherheit. Ich schleudere das Glas in die Nacht hinaus und zähle dem Aufschlag entgegen. Nichts. Verschluckt. Zu tief. Dann folge ich dem leisen Silbenklang weiter am Dach hinauf. Eine schwache Silhouette löst sich dort vom Giebel. Über den Lichtern der Stadt hockt die Schlampe am äußersten Rand zum Abgrund und recht mit gespreizten Fingern gedankenverloren ihr Haar. Ich schmiege mich an sie und sie sich zurück. »Da hinten!« zeige ich. Am Rand der Lichterwatte muß sie sein, irgendwo neben Sankt Florin. Die Bank. Gedankenlosigkeit läßt aus dem Champagnerdraht in meiner Hand den Ring entstehen, und während ich rede, steckt ihn ebensolche an ihre Hand. Die Schlampe bleibt still. Ich meine Tränen in ihrem Gesicht zu erkennen. Reiche ihr die Flasche, die sie wortlos fallen läßt.

»Erzähl mir von den Römern!« bittet ihre ernste Stimme.

Ich weiß nichts von den Römern. Nur wie sie diesen

Platz nannten. *Ad Confluentes*. Wo Mosel und Rhein zusammenfließen. Den alten Graben hatte ich geholfen freizulegen. Ein Halbkreiswall aus Römerzeit. Daher der Plan. Ein Abbruchgrundstück neben der Sparkassenfiliale. Dabei waren sie auf die Fundamente gestoßen. Ich hatte den Geldtransporter über die wackeligen Planken fahren sehen und sofort gewußt, daß das Glück es endlich einmal gut mit mir meint. Abends um sechs, kurz vor dem Ablegen des Dampfers. Die Glocken hatten sturmgeläutet. Und ich kam darauf, daß sich das alles immer wiederholen würde, der Transport, die Baustelle, das ablegende Schiff. Immer wieder. Immer wieder um sechs. Alles so einfach und klar. Als wolle das Schicksal mir eine Chance geben. Schicksal, sage ich immer wieder. Jede unwichtige Einzelheit male ich aus. Verlegenheit könnte der Grund sein. Ich spüre jetzt deutlich ihr leises Weinen. Unter meinen Armen zuckt die Brust wie der Körper eines an der Luft erstickenden Fisches. »Beiß mich!« sagt sie schließlich. »Ich weiß nicht mehr, ob ich lebe.«

Ich halte es für Wellen der Erregung, bis ich die ersten Blitze sehe. Sie leuchten im Aquarius. Unsichtbare Wolken fressen von dort die Sterne. Die Stadtgrenzen versinken im Feuer der elektrischen Entladung. »Ich bin nicht gut für dich«, sagt sie. »Verlaß mich! Schnell!« Und erstickt mich mit wütenden Küssen. Ich halte sie fest, mit aller Kraft, während aus der Dunkelheit die Brandung eines stürmischen Gewittergusses heranfegt. »Nein«, sage ich. Gleichzeitig peitscht Regen auf uns ein. Zu unseren Füßen versinkt die Stadt in einem Inferno aus Wasser und Glut. Wir klammern uns verzweifelt aneinander wie an das Leben selbst. Spüren den Regen die Haut unserer Rücken zerschlagen. »Nein«, schreie ich gegen den Lärm im Himmel an. Das Außen und Innen wird zu einem einzigen Schauer. Leben, schreie ich, endlich Leben! Und die Schlampe löst sich von mir. Im stroboskopischen Leuchten der Wetter sehe ich sie wieder tanzen. Zu einer Kette aus Standbildern eingefroren, die sich erst in meinem Kopf zu einem bizarren Geschehen verbinden. Regen fällt vom Dach in den Himmel. Ich warte darauf, daß meine Welt in diesem absurden Traum zerplatzt. Dann erfaßt mich endlich eine schreckliche Angst vor der Ernüchterung. Ich liege im Bett. Alles Berühren ist Wasser. Ein Fenster schlägt im Wind. Licht schimmert unter einer Tür. Den Weg dorthin markieren Kleidungsstücke. Und schreckliche Geräusche. Es hört sich wie ein Würgen an. Ich folge ihm zur Badezimmertür. Dort finde ich sie. Bleicher noch, als ich es bin. Gekrümmt und schmerzverzerrt bricht die Schlampe ihren Magen ins Becken.

Der Rhein wird ausgepeitscht an diesem Morgen. Wasser umgibt uns, Wasser tränkt uns, Wasser schlägt uns. Durch das Dickicht der Kopfsteinpflastergassen führe ich die Schlampe zur Bank. Es muß bereits Tag sein, aber man sieht nichts davon. Sie trägt ihre Schuhe in der Hand. Gehen kann sie nicht darin. Überhaupt hält sie nicht viel von Kleidung an diesem Morgen. Mein Regenmantel verschluckt ihre zarte Figur wie Gummistiefel die Füße von Kindern. »Hier ist es«, sage ich. Zwischen zwei Fluchten, in einem ganz bestimmten Winkel, von dem ich behaupte, daß er nur mir bekannt ist, schneidet sich perspektivisch aus dem dort aufgestellten Bauschild *Immobilien-Mittle-rer-Rhein-Goldschneider* die Wortverbindung »Rhein-Gold« aus. Vergeblich bemühe ich mich, ihr diesen Blick zu zeigen, bewege meinen Kopf, sie synchron den ihren, bis das Wortspiel hinter dem zerfransten Vorhang der Regengüsse aufscheint. Aber die Schlampe sieht nichts. Sie guckt nicht mal in meine Richtung.

»Was ist?« frage ich.

»Nichts«, antwortet sie.

»Kannst du es lesen?« frage ich nach. Aber die Antwort bleibt aus.

Ich führe sie über die Stahlplatte, von der ich erzählt hatte. »Hier fahren sie rüber«, sage ich. Zeige auf den schmalen Abzweiger von der Hauptstraße. »Es ist der einzige Weg zur Bank. Was meinst du, wie schwer so ein gepanzerter Transporter ist?« Sie folgt meinen wippenden Bewegungen. Die Planke schwankt schon unter unserem Gewicht. Drei Meter liegen zwischen den Böschungen, mehr als zwei Meter zwischen der Stahlplatte, die die Fahrbahn ersetzt, und dem Grund, das Erdreich ist locker. »Man braucht nur ein wenig nachzuhelfen«, sage ich, »und der Wagen bricht ein ...«

»... und schwimmt davon«, ergänzt sie.

Im Römergraben strömt knöchelhoch das Wasser. Das wird den Archäologen nicht gefallen. Uns hilft es. Man wird glauben, es sei von selbst passiert.

»Wenn sie die Türen öffnen«, sage ich, »dann nehmen

wir das Geld und verschwinden. Dorthin!« Ich zeige auf den schwarzen Torbogen zum Fluß. »MCMXI. Im Paradies«, behauptet die Inschrift am Haus darüber. »Wie gefällt dir das?« frage ich. »Wir flüchten ins Paradies.«

Auch das begreift sie nicht. El-le, schreibe ich in den roten Bausand, »El-le«, sage ich, und sie lacht. Wir treten ins Paradies, und alles ist wie vorher. »Links die Brücke!« Ich will ihr das andere Ufer zeigen, aber hinter den stygischen Wassern gibt es heute keine Küste. Nur noch mehr Wasser und ein Hämmern aus dem Jenseits. Von der kleinen Binnenschifferwerft. »Bis zum Pier sind es kaum hundert Meter. Zu Fuß haben sie keine Chance, uns zu folgen. Mit dem Auto können sie nicht in die Altstadt. Wir nehmen das Schiff.«

Die Schlampe beginnt zu laufen. Erst am Promenadengeländer treffe ich sie wieder. Sie hockt am Boden und umfaßt das triefende Metall. »Wie schrecklich!« sagt sie abwesend. »Der Fluß ist vergittert.«

Vielleicht, denke ich, war es doch keine gute Idee, sie mitzunehmen. Ich weise nach rechts in den Regen. Durch das Unwetter erkenne ich den verrammelten Biergarten. Irgend etwas veranlaßt meinen Kopf, sich rasch abzuwenden. Es gibt nichts Trostloseres als Biergärten im Regen. »Wir werden den Ausflugsdampfer nehmen. Unten. Er heißt *Moselland*. Er legt ab. Wir sind fort. An Bord wird man uns nie finden.«

»Nein«, sagt die Schlampe. »Niemand wird uns finden.«

Sie pflückt japanische Kirschzweige von einem Prome-

nadenbaum und wirft sie in die reißenden Fluten. Ich greife nach ihrer Hand. Doch sie zieht sie fort und führt sie in
den Mund. Knabbert den Ring von ihrem Finger und wirft
ihn lächelnd hinterher. Wir sind schon fast am Pier. »Weg.
Fort. Verschluckt.« Ich denke an den bevorstehenden
Nachmittag und starre ihren Worten hinterher. Dabei sehe
ich die blauen Schwellungen an ihrem Finger. Erst jetzt begreife ich, welchen Schmerz der Ring ihr verursacht hat.
Ich will nach ihr fassen. Aber eine krächzende Stimme läßt
mich auffahren wie aus einem menschenleeren Traum.

»Vorsicht!« sagt es hinter mir. Am Rande eines farblo-
sen Rasens hockt auf der Parkbank eine durchnäßte Gestalt mit grauem Bart und zerlumpten Kleidern. Der Mann
breitet seine Arme über die Banklehne wie die Schwingen
eines Pelikans. Ich erkenne einen Schlafsack, eine Flasche,
ein ledernes Lächeln. Der Mann hebt sein triefendes Kinn
zum reißenden Fluß. »Heute ist er gefährlich.«

»Nein«, antwortet die Schlampe. Abwesend. »Er ist immer gefährlich.«

Le poisson aime l'eau vive, sagt der Franzose. Ich erinnere
mich an alte Bücher, aber die jüngsten vier Stunden fehlen
mir. Verzweifelte Wünsche jagten ungeduldige Hoffnungen in der dumpfen Atmosphäre zwischen Schlafen und
Wachen. Im Bauch des Schiffes gab es keine Zeit. Nur das
Schwanken und Schwappen der Wellen. Gedämpft durch
das Bett aus dieselmuffigen Tauen. Ein Binnenschiffer
kennt die Ecken, von denen Kapitäne nichts ahnen. Im Ka-
belhaus der *Moselland,* unserem Versteck, spüre ich den

gleichmäßigen Atem der Schlampe. Seit Monaten liegt dort ein Doppelläufer im ausgeweideten Elektroschrank. Den Ort hatte ich auch dem Geld zugedacht. Für den Fall, daß es Probleme gibt. Scheint ewig her zu sein, daß jemand außer mir seinen Fuß hinter die stählerne Tür gesetzt hat. Sie sieht aus, als sei der Eingang verschweißt. Am belebtesten Platz liegt der sicherste Ort, denke ich. Ein Ausflugsdampfer als Fluchtfahrzeug. Hier wird uns wirklich niemand suchen. Meine Hände zittern, während ich zwei Hülsen in die Gewehrläufe schiebe. Eine milchige Lichtsuppe ergießt sich über meine Hände. Die Schlampe hat ihren Körper gegen das Schott gestemmt. Durch den Spalt dringt das Licht herein. Ich schiebe verstohlen die Flinte unter die Jacke, als müßte ich sie vor mir selbst verstecken. »Wir werden sie nicht brauchen«, sage ich immer wieder. Aber mein Mantra geht im Lärm verloren. In der Stadt draußen dreschen Hammerschläge auf die Glocken ein. So spät schon? Den Nachmittag hätte ich mir ewig gewünscht. Unsere Lippen treffen sich wie zu einem Abschiedskuß. »Es ist soweit«, sage ich. Sie nickt leise, und wir treten schweigend ins Licht.

Draußen ist der Regen einem dicklichen, warmen Nebel gewichen. Und der Nebel dröhnt. Wir pressen die Hände gegen die Ohren und tasten uns den Steg zum Pier hinauf. Dann werden unsere Schritte schneller. Die Waffe schlägt mir gegen den Schenkel. Ich renne wie in den Krieg. Will nichts denken. Aus Angst vor der Angst. Die Schlampe vorweg. Am Fluß entlang zurück, links an der Brücke, hinaus aus dem Paradies. »Was ist?« fragt sie unter dem

Torbogen. Atemlos. Mir fehlen die Knie. Ich sehe den Panzerwagen rollen. Zu spät! Keine Zeit mehr, Planken zu präparieren. Ich versuche, Enttäuschung zu fühlen. Aber da ist nichts. Nur ein Rest von Verstand, der mich fragt, was ich hier überhaupt mache. Mit dem geladenen Gewehr in der Hand. Und endlich ist sie da: die Angst. Wilde, unkontrollierte, tobende Angst. Hinter den Nebelschwaden sieht man wieder die unförmige Masse des Transporters heranwanken, in meiner Hand sammelt sich um den Gewehrschaft der Schweiß. Nein, denke ich. Was für ein Unsinn!

Doch die Schlampe verschwindet schon im weißen Gewaber. Ein Heulen dringt durch den Nebel. Ich laufe ihr nach. Es ist ein Motor, der heult. Der Wagen. Ich sehe seine Silhouette. Der Panzerwagen steht. Und heult. Ich halte das Gewehr zwischen gefühllosen Fingern und laufe wie in Trance. Erst im Rhythmus der unter mir platschenden Wasserpfützen begreife ich, was gerade geschieht. Und eine unerwartete Szenerie taucht aus dem Nebel auf. Der Geldtransporter steht neben der Planke, festgefahren. Alle vier Räder im Schlamm. Draußen wischt bereits eine verzweifelte, postbotenblaue Gestalt um das hilflose Gefährt. Das Fluchen des Wachmannes mischt sich mit wildem Motorgeheul. »Weg! Hör auf!« schreit er. Doch der drinnen läßt es weiter krachen. Ein verbaler Krieg bricht aus. Der Feierabend ist nah, der Reifen im Dreck. Ich denke über Vorschriften nach, kann nicht glauben, was ich sehe. Sie haben sich festgefahren. Wie jeder andere auch. Denken nicht daran, Hilfe über Funk zu rufen. Wollen nur

nach Hause, Dienstschluß machen. Mit der Büchse im Anschlag trete ich hinter den blauen Verteidiger, bis ich seine
Wut fühlen kann. Aber er bemerkt mich nicht. Ich schnau-
fe wie ein Olympiasieger. Unbemerkt noch immer. Die
Schlampe neben mir lacht, und auch das bemerkt er nicht.
Ich fange an zu reden. Aber man hört mich nicht. Der Motor heult, der Wachmann brüllt. »Hey!« schreie ich. Noch
immer keine Reaktion. In meinem Unterleib sammelt sich
das Jagdfieber. »Gib mir das Geld!« schreie ich den blauen
Rücken an. Mein Blick macht verängstigt die Runde. Ist es
möglich, daß uns niemand zusieht? Daß uns keiner hört?
Der Wachmann bleibt beschäftigt. Nun hat der Schlamm
seine Uniform verdreckt. Er fährt wütend herum und
blickt mich an. »Was ist?« brüllt er, und der Kollege gibt
weiter Gas.

Ich weiß nicht weiter. Stehe kurz vor der Flucht.

»Das Geld«, sage ich.

»Welches Geld?«

Ich blicke zum Transporter. Seine Augen erfassen das
Gewehr. Ich hebe es an.

»Das Geld!« wiederhole ich. Weiß keine anderen Worte
mehr als diese. Der Herzschlag klopft mir bis zum Hals,
atmen kann ich längst nicht mehr. Lange Sekunden verge-
hen, während wir uns ansehen. Ich weiß nicht, ob ich mich
entschuldigen soll und gehen oder besser gleich davonren-
nen. Dann hebt der Mann seine Pranke und schlägt mit der
flachen Hand hart gegen die Seitenscheibe des Fahrzeugs,
schlägt und schlägt. Bis der Kollege endlich nachläßt, und
der Motor verstummt. »Was ist?« schreit er wütend her-

aus. Die Seitentür öffnet sich, drinnen alles so leer wie die Blicke des Fahrers. Er hebt die Hände. Ich schüttele den Kopf über diese unsinnige Geste. Beide blicken nun die Schlampe an, und die lacht noch immer.

Diesem unergründlichen Lachen geben sie schließlich ihr Geld, nicht dem Gewehr, nicht mir, sie geben es diesem Lachen. Zwei Taschen, sagen sie, hauptsächlich Münzen. Ich greife danach, doch ihr Gewicht reißt sie mir gleich wieder aus der Hand, und sie fallen zu Boden. In den Schlamm. Das Gewehr wird mir zum Hindernis. Ich drücke es der Schlampe in die Hand, die den Lauf umfaßt, als sei er ein Knüppel. Aber auch die Wachleute scheinen vergessen zu haben, daß sie bewaffnet sind. Ich greife zum zweiten Mal nach den Taschen. »Los!« sage ich, und wir laufen. Rhein-Gold, El-le, Kopfstein. Die Taschen werden schwer. Elelelele. Das Paradies. Ich blicke auf. Rufe nach der Schlampe, die den falschen Weg einschlägt. »Rechts!« rufe ich. Aber sie läuft links. Am Paradies vorbei. »Rechts!« rufe ich noch mal. Ich halte an, schaue mich nach den Wachleuten um, die noch wie angewurzelt neben ihrem Wagen stehen. Dann folge ich ihr über die Brücke. Laufe mit Blei an den Händen. Laufe, bis ich Musik höre, laufe, bis meine Lungen brennen, laufe, bis mir der Nebel aus den Haaren tropft. Laufe in den Wolken, laufe über einen unsichtbaren Fluß, laufe zum unsichtbaren Ufer. Laufe und lache. Lache und laufe.

Am Ende der Brücke ist Licht. Ein grell-roter Lampion vom Schleusentor. Mir platzen die Lungen. Ich kann nicht weiter. Die Taschen scheinen ihr Gewicht mit jedem Schritt verdoppelt zu haben. Keine zehn Meter mehr. Dort sehe ich den Regenmantel flackern, und die Locken. Ich versuche letzte Schritte, aber jetzt sind auch schon Hände und Füße aus Blei. Noch fünf, noch drei, ich kann nicht mehr, noch zwei, dann bin ich bei ihr. Aber sie ist schon wieder weg. Noch einen letzten Schritt, dann lasse ich die Taschen fahren und schreie laut. Kauere mich auf dem Boden hin und kann nichts anderes mehr als atmen. Nur das eine noch. Atmen. Wie ein Ertrinkender.

Ihr »Komm!« klingt fern und so fremd, daß ich es nur am Mantel erkenne. »Komm weiter!«

»Wohin?« frage ich. »Du hast den falschen Weg genommen.«

»Wirklich?« sagt sie, kehrt um und lacht. Sie fällt zu mir an die Brückenbrüstung. Die Geldbeutel sind über den Gehweg verstreut. Von weitem sieht man ein Auto sich durch den Nebel pirschen. Ich fühle mich unsichtbar. Werde später glauben, daß ich es wirklich war. Ich sehe sie an und muß nun auch lachen. Es ist ein chemisches Lachen. Eines, das hilft, Adrenalin aus den Bauchmuskeln zu pressen. Eine seltsame Freude explodiert in meinem Kopf. Meine Stimmung kocht über. Ich würde den ersten besten vom Fahrrad reißen, ihm das Gewehr in die Hand drücken. »Hier!« würde ich sagen. »Überfalle eine Bank!« Wir sitzen und lachen. »Es gibt nichts Besseres.« Weiß nicht mehr, habe ich das wirklich gesagt? Realität, wo bist du? Ich blicke einer alten Frau nach, die sich lautstark über Taschen beschwert, die ihr den Radweg blockieren. Der

Schemen verschwindet im Dunst. Ein Rücklicht winkt dem Schimpfen hinterher. Dann wird es still. Auch von der Stadt, auch innen drin. Von der Werft hört man Hämmern und Winkelschleiferjaulen. »Komm!« sage ich. »Unten stehen die Yachten. Neben der Werft im Hafenbassin. Dort müssen wir hin. Ich bin Schiffer. Ich muß aufs Wasser, um mich sicher zu fühlen.«

»Sicher?« fragt sie und schüttelt die Locken. Ich knöpfe ihren Regenmantel zu. Aus reiner Eifersucht. Mittlerweile fehlen ihr selbst die Schuhe. Auch Sicherheit und Leben sind eifersüchtige Feinde. Von fern höre ich jetzt die Sirenen. »Komm!« sage ich und deute zum Rheinufer hinunter, wo die Geräusche der Werft entstehen. »Es ist nicht mehr weit. Wir schaffen es.«

Ich weiß nicht, ob ich bereuen soll, was geschah, oder es einfach Leben nennen. Wenn es je einen Plan gab, dann kenne ich ihn nicht. Ich sah nur den Namen, dann sah ich das Boot. *Filia Rheni.* Zwölf weiße Meter Plastik. Zwei Freidecks überm Ruderhaus, von innen reichlich mit Mahagoni gefüttert, wie eine Zigarrenkiste, Messingrelings außenrum. Und das Boot nickt uns zu im seichten Gedümpel. *Rheintochter.* Als wollte sie uns sagen: Hier bin ich. Nehmt mich! Bringt mich zu meinem Vater zurück! Wo ich herkomme, da will ich hin. Es ist, als stünden unsre Gedanken an den Rumpf gemalt. Als hätten wir uns nie verlaufen, sondern den einzig möglichen Weg gewählt. *Lebendiges Wasser liebt der Fisch.* Die *Filia* tuckert leise zu unsrer Begrüßung. Achtern ordnet ein fetter Kerl seinen

Tampen. Kopfüber und ächzend. Wir stehen an Bord, bevor er uns bemerkt, kappen die Leinen, bevor der Mann seine Gicht aus den Knochen schütteln kann. Und bevor ein Wort fällt, sackt die Tochter des Rheins in die laue Uferströmung weg. Mir fällt ein Gewicht von den Händen.

»Runter!« brüllt der Kerl. Das blaue Adernetz um seine Nase scheint zu platzen, sein Hals schwillt an, sein Bauch quillt aus dem Troyer. Ich hebe unter dem Regenmantel der Schlampe unser Gewehr hervor, und er erblaßt. Gleichzeitig starrt er auf ihre Beine. Leckt ihre Füße mit Blicken. Schmatzt gierend über ihre Haut. Sein Boot krängt dwars in den Moselstrom. Es kümmert ihn nicht. Und ich weiß nichts zu sagen, habe alle Pläne vergessen. Wohin wollen wir? Moselab, rheinauf, weg. Ums Deutsche Eck. Oder moselauf schleusen? Rheinab zum Meer?

»Mach hin!« sage ich ihm, und die Schlampe räkelt ihre Zehen. Die *Rheintochter* driftet achterwärts in den Fahrweg der Moselschleuse, und der Kapitän gafft noch immer. Er wollte sowieso gerade raus, sagt er. Zum Angeln. Wo wir denn ... streift die schweren Taschen mit einem leichten Blick und legt seine Augen wieder der Schlampe zu Füßen. »Wohin wollt ihr denn? So stürmisch?«

»Rheinab!« sage ich.

»Nein, hinauf!« sagt sie. Ihre Hand beginnt, den Mantel zu teilen. Natürlich fast, als wäre es an der Zeit.

»Rheinauf!« sage ich fassungslos.

Der Dicke starrt, bis ich ihm den Blick verstelle. Dann trollt er sich zum Ruderhaus und demonstriert die Potenz seiner Maschine. Im milchigen Dunst achteraus löst sich die *Moselland* vom Pier. Ihr Nebelhorn klingt nach Alter, Demontage und Rost. Die Schlampe läßt den Mantel fallen. Schweiß perlt ihr über die Stirn. Ihr Körper ist bleich und feucht wie vom Fieber.

»Was ist?« frage ich. »Wir haben es doch bald geschafft.«

»Jetzt ist es fast ein ganzer Tag«, sagt sie wie im Wahn. Ich muß sie in den Mantel wickeln.

»Diese Bar«, sage ich. »Gestern war das?« stammele ich und träume. Von Zukunft, Reichtum und Glück. Von großen Summen in unseren schweren Taschen. Wir sind am Rhein. Das Boot erfaßt eine saugende Querdrift. Sein Bug hebt sich weit aus dem Wasser. Die *Rheintochter* pflügt entfesselt den Strom. Wellentäler schlagen durch den Bootsrumpf zurück.

»Was ist?« frage ich noch mal. »Wirst du mir seekrank?«

Und sie lacht. Laut und traurig. Ich verstehe sie nicht.

Tausend Jahre Vergangenheit starrten von den Bergen. Stolzenfels, Marksburg, Liebenfels. Das Rheintal schnürt sich zu. Ich kenne mich aus. Die ewige Fehde. Burg Katz in der Ferne, hier gegenüber Burg Maus. Vom Ruder her brüllt der Skipper seine Abenteuer. Ich verstehe ihn kaum. Gischt und Fahrtwind rauschen, Wellen klatschen. Immer wieder erdrückt zwischen Nebelbänken das gewaltige Panorama aus Burgen, Brüchen, Wäldern, Zacken, Felsen und Wein. Die ersten Spierentonnen blitzen auf Back. Er drosselt die Fahrt. Bei Goar naht die Fahrwegenge. Eine gute Stunde liegt zwischen uns und der Angst. Das Brüllen der Maschine läßt nach. Jetzt hören wir ihn prahlen. Vom Gold an seinen Fingern. Es ist nicht zu übersehen. Vier Ringe an jeder Hand. Den teuersten habe er beim Angeln verloren, schreit er. Nennt einen Preis. Und lacht. Zeigt der Schlampe, wie man die Rute richtig auswirft. Mit Schwung, und weg. So sei es passiert. Haken im Wasser, Ring von der Hand. Nennt noch mal den Preis. Warum hältst du nicht einfach die Klappe? Denke ich.

»Aber der Fisch!« protzt er los. »Was für ein Brocken! Es gibt wieder Lachse im Strom.«

Die Schlampe zittert noch immer. Spitztonnen rechts. Es ist nicht mehr weit. In Goar liegt der Wasserschutz. Dort sollten wir an Land. Bevor es zu spät ist.

»Früher mußte man dafür nach Norwegen rauf. Aber das hier, das sei kein Lachs gewesen, auch kein Wels. Er wisse auch nicht, was für ein Vieh. Zwei Meter ...« deutet er an. »Fünfzig Kilo mindestens. Haben Sie mal ...« fragt er stolz die Schlampe, »... einen solchen Fisch an der Angel gehabt?« Natürlich weiß er, daß die Antwort nein ist. »Manchmal verirrt sich auch Salzfisch zum Rhein. Aber hier ist er selten.«

»Bei Goar«, sage ich, »gehen wir runter.« Frage eher mich selbst als sie, was wir mit dem Dicken machen. Der prahlt von seiner Angelschnur. Hochfest und high-tech-nisch. Wir werden ihm, denke ich, seinen Tampen um die Hände wickeln, Motor aus und treiben lassen. Eine gute Stunde, dann wird man ihn finden.

»Wie Sex ist das. Ich meine das Jagen. Das ist wie Stierkampf auf dem Wasser, das ist der Kampf um die Elemente. Die Überlegenheit des Menschen über die Natur.«

Warum hält er nicht die Klappe? frage ich mich, frage ich uns. Muß doch merken, daß er niemanden damit interessiert. Der Schlampe geht es immer schlechter. Kauernd lehnt ihr Kopf am Flintenlauf. Ihre Lippen sind blau, die Augen verquollen. Aus ihrem Haar tropft der Schweiß.

»Ich schaffe es nicht«, sagt sie.

»Was?« frage ich. »Was schaffst du nicht?«

Untersuche ihren Körper und kann nichts finden. Verfluche mich, weil ich kein Arzt bin. Vielleicht sich doch stellen? Sofort. Und heilen lassen.

»Wir Männer …« Halt's Maul, endlich! denke ich. Streiche ihr nasse Haare aus dem Gesicht. »Was ist mit dir? Wie kann ich dir helfen?«

Sie schüttelt den Kopf. Jetzt weiß ich, daß wir aufgeben müssen. Es ist nicht der Sekt, der die Schlampe zittern läßt. Es sitzt tief. Ich sehe sie an und fühle die Panik.

»Dieses Vieh, was immer das auch war. Fuffzich Kilo, mindestens – der ist entkommen. Trotz High-Tech-Schnur, Karbon und allem … Wir Männer …« sagt er und blitzt aus den Augenwinkeln zurück, daß man den Unterschied zwischen ihm und mir an allem ablesen kann, was uns umgibt, dem Boot, dem Ring, dem Preis, der Schnur und den Geschichten, die er zu erzählen hat. Er spricht das »Männer« aus, als sei allein dies Wort ein angemessener Preis für die Schlampe. »Wir Männer brauchen das.«

»Laß uns …« schreie ich ihn an, »… endlich mit deinen Fischen zufrieden!«

Sein Gesicht wird bleich. Er starrt nun auf die Schlampe hinter mir. Ich sehe Angst in seinen Augen. Begreife sie nicht. Denke nicht und ahne nicht. Drehe mich nicht um.

Bis nach Italien muß der Schuß zu hören gewesen sein.

Ich spüre, wie kalt Wasser sein kann. Hätte ich drei Wünsche frei, dann wollte ich, der letzte Tag sei nie gewesen, und ich wollte, ich könnte ihn immer wieder erleben. Mein Kopf stößt an die Bakentonne. Ich greife danach, höre den Schuß immer wieder, spüre immer wieder, wie die *Rheintochter* aus der Kiellinie kreiselt, sehe und höre den Schubverband, der uns seitlich erfaßt und in die Tiefe rammt, sehe und fühle das Wasser auf mich fallen. Ohne Luft im feindlichen Element. Und das Wasser, das lacht, El-le-le-le, lacht. Ohne Begreifen tauchen noch meine Gedanken an dem saugenden, stampfenden Riesen vorbei, an dieser brummenden, quietschenden, kratzenden, jaulenden, schwarzen Bordwand. Kein Gefühl, das man je vergißt. Mit hunderttausend Tonnen Stahl im Wasser, unerwartet aus dem Nebel. Ich sehe noch den fremden Tod vor Augen. Der eigene scheint nurmehr ein kalter Traum. Atemlosigkeit, über mir zusammenschwappendes Dunkel, Beben fremder Maschinen, so laut, daß nur die Lungen es hören, Wirbeln und Reißen und kaltes Strömen. Ganz unten herrscht Ruhe. Es ist kalt wie im Winter. Dort habe ich etwas gespürt. Etwas, das mich glücklich macht. Atemlos. Wie tief, denke ich, wie tief mag ich gewesen sein? So tief, daß ich den Rhein singen hörte. »Elelele« singen.

Die Autorinnen und Autoren

Am 29. September 1935 kommt **Ingrid Noll** (*»Herr Krebs ist Fisch«*) in Shanghai zur Welt, weshalb sie seit jeher eher dem chinesischen Zodiac als dem abendländischen Horoskop zuneigt. Demnach betrachtet die erfolgreichste deutsche Krimiautorin sich als eine im Jahr des Schweins, nicht im Zeichen der Waage, Geborene. Sie wächst von ihrer Mutter unterrichtet auf, besucht später das Gymnasium in Bad Godesberg. Noll studiert mit wenig Enthusiasmus einige Semester Germanistik und Kunstgeschichte. Im Alter von 55 beginnt sie zu schreiben, zunächst Kindergeschichten, dann Krimis. Nolls Debütroman ›Der Hahn ist tot‹ schafft auf Anhieb den Sprung in die Spiegel-Bestsellerliste, um dort 35 Wochen zu bleiben. Weitere Seller wie ›Die Häupter meiner Lieben‹, ›Die Apothekerin‹, ›Kalt ist der Abendhauch‹ und ›Röslein Rot‹ folgen. Als passionierte Hobbyköchin entscheidet sie sich bei den *Astrokrimis* zielsicher für das einzige Zeichen, das man in die Pfanne hauen kann.

In den frühen achtziger Jahren arbeitet **Annette Meyers** (*»Geködert«*) als Headhunterin an der Wall Street. Zum Geburtstag erhält sie von ihrer Chefin eine Sitzung beim Astrologen geschenkt. Sie hofft, dort herauszubekommen, ob sie jemals als Autorin arbeiten wird. Doch die Astrologin verneint. Nach sieben Smith & Wetzon Krimis, ›Free

Love‹ und einer Reihe historischer Romane ist Meyers der festen Überzeugung, daß ihre Chefin sie damals mit einer gekauften Prophezeiung vom Schreiben abbringen wollte. Im Gegenzug wird Meyers Präsidentin der ›Sisters in Crime‹ und gehört zum Vorstand der ›International Association of Crime Writers‹. Ihr Geburtsdatum 31. Januar 1934 macht sie – wie ihre Serienheldin Wetzon – zur perfekten Wassermannfrau. Meyers lebt heute noch in ihrer Geburtsstadt New York.

Als gelungene Mischung aus einer friesischen Löwin und einem Schweizer Stier kommt **Tatjana Kruse** am 20. Februar 1960 zur Welt. Nach einem Ausflug an die Universität und in die Softwarebranche lebt die Schwäbin heute ihre mörderischen Gelüste als freischaffende Autorin in Stuttgart aus. Das Resultat: ›Die Wuchtbrumme‹, ›Mordsgewichte‹, ›Der Mörder kommt auf sanften Pfoten‹, ›Zehn mörderische Wege zum Glück‹ und ein ›*Marlowe*‹ für den besten Kurzkrimi 1996. Mit ihrem *Astrokrimi* »*Wie ich lernte, die Sterne zu hassen*« zeigt sie, daß in Schuppenträgern und Schuppenträgerinnen mehr steckt, als Stern- und Wasserkundler gemeinhin annehmen. Auf die Frage, was sie von Astrologie hält, antwortet Kruse: »Seit mir eine Radio-Astrologin Ruhm und Reichtum prophezeite, glaube ich nicht nur an die Macht der Sterne, ich verlasse mich drauf.«

Obwohl sein Spitzname ›Stern‹ ihn für die Astrologie prädestiniert, teilt **Joseph von Westphalen** mit seinem Icherzähler in »*Stellenweise Bodennebel*« einen verhalten aggressiven Astroskeptizismus. Daß manchen Menschen der Umgang mit Astrologie trotzdem gut tut, begründet Westphalen damit, daß es immer noch besser ist, sich mit Hilfe der Astrologie in Frage zu stellen, als sich gar nicht in Frage zu stellen. Der am 26. Juni 1945 in Schwandorf in der Oberpfalz geborene Autor veröffentlicht unter anderem die Duckwitz-Romane ›Im diplomatischen Dienst‹, ›Das schöne Leben‹ und ›Die bösen Frauen‹ und ergänzt sie 1999 mit dem weltweit ersten Roman-Soundtrack ›Wie man mit Jazz die Herzen der Frauen gewinnt‹. Auf der 4-CD-Edition sind die 96 Jazz-Stücke zu hören, mit denen sich sein Held Harry von Duckwitz an Frauen ranzumachen versucht – ohne je an irgendwelche Sternzeichen zu denken. Zum Jahrtausendwechsel erscheint Westphalens Roman ›Warum mir das Jahr 2000 am Arsch vorbeigeht oder Das Zeitalter der Eidechse‹.

In den frühen Morgenstunden, genauer gesagt um 5 Uhr 14, erblickt **Barbara Jaye Wilson** (»*Rendez-vous unter Fischen*«) am 13. April 1948 in Kansas City, Missouri; das Licht der Welt. Als Widder mit Aszendent Widder arbeitet sie als Töpferin, Lederverarbeiterin, Malerin, Lebenslaufzusammenstellerin, Sängerin, Grafikdesignerin und Hutmacherin. Ihre der Schwerkraft trotzenden Hutkreationen verkaufen sich von New York bis Los Angeles. In

Deutschland erscheint von der doppelten Widderfrau ›Ein Nachmittag mit Gaudi‹, ›Der Porno-Kongress‹ und ›Mord im Kollektiv‹. Wie ihre Privatdetektivin Brenda Midnight aus ›Accessory to Murder‹ und ›Death Flips Its Lid‹ lebt Wilson in trendy Greenwich Village, New York. Wilson glaubt nicht an die Weisheiten der Astrologie.

Roger M. Fiedler (*»Rhein-Gold«*) kommt am 9. November 1961 als Skorpion auf die Welt. Er studiert Physik in Saarbrücken und München und arbeitet als Eisenleger, Messebauer, Sekretär im Erzbischöflichen Jugendamt, Programmierer, Zahnbürstenpacker und S-Bahn-Schaffner. Danach wechselt er zur Schriftstellerei und veröffentlicht ›Sushi, Ski und Schwarze Sherrifs‹ und ›Eisenschicht‹. 1998 erhält er den Deutschen Krimipreis. Fiedler ist nach eigenen Angaben ein ausgesprochener Skorpion: »Wie jedes Wasserzeichen schimmere auch ich durch jeden meiner Texte. Und nur solche sind echt. Das Fische-Wasserzeichen ist als fremdes quasi gefälscht.« Von Astrologie hält Fiedler genausoviel wie von Politik, nur daß die Astrologie auch Nützliches bewirkt.

Die Herausgeberinnen

Ursprünglich als Jungfrau geplant, zieht **Thea Dorn** intuitiv ein doppeltes Feuerzeichen vor und kommt – vier Wochen zu früh – am 23. Juli 1970 in Offenbach zur Welt. Die Löwefrau mit Aszendent Schütze geht nach dem Abitur ins antarktische Südgeorgien, um dort das Verhalten der Kaiserpinguine zu erforschen. Später arbeitet sie als Dozentin für Philosophie an der Freien Universität Berlin und hält Seminare zu Fragen der modernen Ethik und Ästhetik. Sie veröffentlicht die Kriminalromane ›Berliner Aufklärung‹, ›Ringkampf‹ und ›Die Hirnkönigin‹, wofür sie 1995 den *Marlowe* und 2000 den Deutschen Krimipreis erhält. Ihr Theaterstück ›Marleni‹ wird im Januar 2000 in Hamburg uraufgeführt. Nach einem für Feuerzeichen typischen anfänglichen Skeptizismus nähert sich Dorn durch die intensive Arbeit an den *Astrokrimis* der Weisheit der Sterne. »Seit ich weiß, daß fast kein Krimiautor Fische ist, schaue ich bei manchen Menschen genauer hin.«

Als die Sonne am 13. August 1966 über dem Rhein am höchsten steht, erblickt **Uta Glaubitz** in Bad Godesberg das Licht der Welt. Als nicht ganz umgängliche Mischung aus Löwe mit Aszendent Skorpion wächst sie in Köln auf und beginnt, sich für den FC, Kölsch und Karneval zu interessieren. Glaubitz studiert Philosophie, Anglistik und

Chaostheorie und unterstützt heute als Berufsfindungsberaterin andere darin, ihren Traumjob zu finden. Sie gibt Seminare, veranstaltet Konferenzen und veröffentlicht unter anderem den Bestseller ›Der Job, der zu mir paßt‹. Ihr Verhältnis zur Astrologie konzentriert sich vor allem auf die Beschäftigung mit schwierigen Konstellationen. Glaubitz ist der festen Überzeugung, daß man nur lange genug in der Kneipe sitzen muß, um auch die letzten Geheimnisse der Astrologie aufzuklären.

Als Waage mit Aszendent Krebs wird **Lisa Kuppler** am 7. Oktober 1963 im schwäbischen Eßlingen geboren. Während eines vierjährigen USA-Aufenthalts studiert sie amerikanische Geschichte und Literatur und schließt mit einem Magister in amerikanischer Umwelt- und Frauengeschichte ab. Sie entdeckt ihre Liebe zu Hollywoodkino und Populärkultur, zu Trash, Camp und Star Trek. Ihr Mars im Skorpion prädestiniert sie zu einer Karriere im *hard boiled* Krimigeschäft. Sie arbeitet als Lektorin von Krimi-Reihen und widmet sich der Neuübersetzung von Altmeister Mickey Spillane. Kuppler glaubt, daß die Astrologie ein magisches Ordnungssystem der menschlichen Wesensarten ist, das heute durch laienpsychologische Deutungen völlig verwässert wird. Die passionierte Kampfsportlerin lebt in Berlin-Mitte. Daß die nach eigenen Angaben typische Waage sich privat wie beruflich mit Löwefrauen umgibt, schreibt sie einem abstrusen Winkelzug der Astrologie zu.